青の国、うたの国

俵万智

tawara machi

五七五七七という封筒に心を詰めて短歌は手紙

装丁　石松あや（しまりすデザインセンター）
装画　荒井良二

青の国、うたの国　目次

2016

2017

2018

2019

2020

2021

2022

本書は宮崎日日新聞に
二〇一六年七月から二〇二二年一一月まで連載された
「海のあお通信」に加筆修正したものです。

宮崎で暮らした6年半、
毎月綴った『海のあお通信』

#「だれやめ」は「疲《だ》れ止《や》め」と知る居酒屋に迷わず頼む「だれやめセット」

初めての宮崎弁

宮崎に来て、最初に入った居酒屋に「だれやめセット」というのがあった。「だれ?だれって誰?」はてなマークが頭上に飛び交っているのを、隣の席のおじさんが察してくれたのだろう。

「生ビールと地鶏モモ焼きがセットになっちょるかい、お得やっちゃが」

「だれやめ、ってどういう意味ですか?」「だれは疲れんこつで、それを止めるこっちゃが」

こんなに、ちゃがちゃが言ってたかは定かではないが、つまり疲れをとってくれるセットということらしい。そこで、はっとした。この春まで住んでいた石垣島にも、似たような言葉がある。

「ぶがりのーし」。ぶがりが疲れの意味で、それを「なおす（＝のーす）」というのだから、まさに「だれやめ」と兄弟のような言い回しだ。島では、打ち上げのことを、ぶがりのーしと呼んでいた。早い話、お疲れさま会である。

「だれ」は、動詞の「だれる」（緊張感がなくなって、だらける）からきているのだろうと、その時は思った。が、宮崎の若い人、よく「だりー」と言う。「だれ」は「だるい」に、より近いのかもしれない。

メニューを見ると、モモ焼きが700円で「だれやめセット」が800円。つまり生ビールが100円で飲めるという嬉しい設定だ。そのうえ、宮崎に来て間もないことを告げると、おじさんがボトルキープしている焼酎を、一杯ごちそうしてくれた。

その後、宮崎日日新聞の一面に、カラー写真入りで引っ越しを紹介されるという、私的には大事件があった。記事が出たとき、おじさん気づいてくれただろうか。「こん人、居酒屋で会ったたっちゃが。だれやめセット、たのんじょったたっちゃが」

ちゃがちゃが、しつこくて、すみません。耳から入る宮崎弁は「えれこっちゃ」「なんが入っちょっと?」などなど、小さい「つ」がしょっちゅう登場するというのが第一印象だ。あっちでもこっちでも小さく弾んでいる感じがして、たまらなくかわいい。

ちなみに、延岡にある道の駅「北方よっちみろ屋」は、はじめ偉そうなネーミングだなあと思った。「来たかったら(キタカタは地名だが)寄れるもんなら寄ってみろ」と言われているような気がしたのだ。

だが、これは大いなる勘違い。「寄ってみようか」の意らしい。今度行ったら、寄っちみろや。

〈2016年7月〉

宮崎のタクシー優し走り出し少ししてからメーター倒す

タクシーの優しさ

歩くのが大嫌いで、運転免許を持っていない。暑いと、自転車もつらい。そんな私は、タクシーのヘビーユーザーだ。車を買ったり維持したりするのに比べれば、タクシー代なんてかわいいもんよねと、自分を納得させている。

宮崎に住むようになってからも、もちろんタクシー三昧なのだが、なんとなく宮崎ルールのようなものがあって、興味深い。

ほとんどの運転手さんが、出発してしばらくたってからメーターを倒す。で、目的地の手前で早めにピッと切ってくれる。たぶん、カチャっと料金があがる、その前に。

東京だと、まったく逆なことが多い。「ここで止めてください」と言っているのに、ぐいっとアクセル。最後の踏み込みをされて、その瞬間カチャッとメーターがあがるのだ。絶対わかった上でやってるなーと思う。

私が体験した最悪のバージョンは、乗ったなりメーターを倒されて、「方向が逆」と乗車拒否。でもしっかり基本料金はとられる、というものだった。とほほ。

今のところ宮崎のタクシーで、いやな思いをしたことがない。電話で呼んでワンメーターとか、しょっちゅうやっているが、みなさん快く運んでくれるので、ますます利用したくなる。

ただ、一つだけ解せないことがあって、それはポイントカード。いま財布の中を確かめたら、第一交通のと国際興業グループのと宮児タクシーのと宮交タクシーのと日の丸タクシーのが出てきたが、どれも一回乗ると一枚シールを貼ってくれるというシステムだ。で、10枚シールが貯まると、初乗り料金がサービスされる。

この、一回乗ったら一枚、というのが解せない。ワンメーターでも、千円でも、なんなら1万円でも、一枚なのだ。ポイントカードって、普通、買い物をした額に応じてポイントがつくものではないだろうか。たとえば500円ごとに1ポイント、とか。だが、どこのタクシー会社もそうではないことに、私はやや不満を感じていた（長距離も、けっこう乗りますので）。

「なんか、おかしくない？」なにげなく息子に愚痴ったら「逆にすごいよ。乗った距離で、客を差別しないんだから」と言う。そうか、そういうことだったのか。どんなお客様も平等に。宮崎のタクシーは、やっぱり優しい。

〈2016年8月〉

宇宙人が見たらわからぬ戦いか我ら言葉に充実しゆく

牧水・短歌甲子園

第6回牧水・短歌甲子園が、今年も牧水のふるさと日向市《ひゅうが》で行われた。第2回から審査員を務めているが、去年までは沖縄からの参加だった。初めて「宮崎県の俵さん」と紹介されて、感慨深い。

この短歌甲子園がスタートした2011年は、東日本大震災の年。宮城県在住だった私と息子は、ひとまず友人のいる沖縄の石垣島へ身を寄せたのだが、自然たっぷりの環境が気に入り、そのまま居ついてしまった。こう書くと、いかにも呑気だが、まあそれなりにいろいろ大変ではあった。その余波が続く中で第2回牧水・短歌甲子園の審査を依頼された。

石垣島と日向市を結ぶ交通の便は悪く、なんと2日前に出発しなくてはならない。それがわかった時には、正直「こ、これは…今年1年限りで辞退させてもらおう」と思った。

しかし、2日間、短歌を通してどっぷり高校生たちと過ごしてみると「こ、これは…なんとしても続けたい！」という気持ちに変わっていた。単に勝ち負けを競うのではなく、作品を通したディベートがあり、一首一首の鑑賞や批評を大切にする対戦スタイルが、とてもいい。言葉や表現について深く考える時間は、高校生にとってだけでなく、私自身にも刺激的で充実したものだった。一緒に審査員をした笹公人さん、大口玲子さんも同じだったようで、以来この3人が専属審査員（？）ということで定着している。

毎年滞在するなかで宮崎の知人友人が増え、土地勘が備わり、息子は「木城えほんの郷《さと》」のキャンプにも繰り返し参加するようになった。全校生徒が数名という石垣島の中学校に、進学するかどうかで迷ったとき「そうだ、宮崎があるじゃないか」と親子で思えたのは、牧水・短歌甲子園のおかげだ。

近年の傾向としては、過去の試合が研究されるためか、審査員が発言する前に、その内容を生徒たちに言われてしまうことが増えた。いきおい、それ以上の細かな指摘や高度な注文をしてしまう場面が出てくる。フォローするつもりで今年「……これは高校生に要求するレベルのことではないかもしれませんが」と言った。すると後で「俵さん、高校生のレベルって何ですか。手加減しないでください」と訴えてきた子がいた。目に涙を湛えている。心から反省したし、胸を打たれた。全身で真剣勝負を挑んでくる生徒たちに、私もまた真っ直ぐに向き合いたい。手加減なしで。

〈2016年9月〉

「宮崎は地味」と言われてすでにもうムッとしている十月の夜

匠の蔵

風が吹けば桶屋《おけや》が儲《もう》かるという諺《ことわざ》があるが、今回の話は、それに近い。数年前、石垣島に住んでいたころ、台風のために仕事先の東京から帰れなくなったことがあった。台風の進路を確認すると、石垣のあとは那覇へ向かう。こういう時には「とりあえず福岡」という裏ワザがある。那覇を経由する便よりも、石垣への直行便がある福岡のほうが、1日早く帰れる可能性が高い。

息子を島の人に預けての出張だ。迷わず福岡へ向かった。手持ちぶさたな夜、福岡の友人に電話をすると、ちょうど結婚式の二次会に向かうところとのこと。「会費払えばいいよね?」と勝手に納得して、私はその会場に紛れ込んだ。だって、一人で飲むのは、つまらない。そこで、意外な人物を発見。「酒場放浪記」でおなじみの吉田類さんだ。初対面だったが「類さんですよね? 放浪記大好きです!」と近づき、またたくまに意気投合。まことに楽しい夜となった。

その後、それぞれが親しくしている歌人の伊藤一彦さんに呼ばれて、宮崎で再会した。2014年の秋、3人での座談会はテレビ番組として放送され、霧島酒造がスポンサーだった。

さて、桶屋まで、もう少し。その霧島酒造が長年作っている「匠《たくみ》の蔵」というラジオ番組がある。九州沖縄のさまざまなジャンルの匠と呼べる人物(職人、料理人…)を紹介するというもの。素晴らしいのは、紹介しっぱなしではなく、匠たちとその後も、折に触れて霧島酒造の人たちやスタッフが交流を持ち続けていることだ。

なぜそんなことを知ったかというと、ラー油で有名な石垣島「ペンギン食堂」のご夫妻が匠として紹介され、その後の交流のために霧島酒造関係者や番組スタッフが石垣島を訪ねてこられた。先ほどの番組に出演したご縁で、石垣在住だった私も会食に同席させてもらった次第。「匠の蔵」は、この秋にリニューアルして、ラジオ＋テレビ番組として放送されることになった。そのインタビュアーを依頼された背景には、あの会食もあったらしい。おさらいすると、台風→福岡→類さん→霧島酒造→ペンギン食堂→匠の蔵…というわけだ。ちょうど宮崎に住みはじめて、九州のことをもっと知りたい気分だったので、喜んで引き受けた。

10月は熊本のシェフ、11月は博多の人形師さんのお話。いずれは宮崎の匠も紹介しますので、お楽しみに！

〈2016年10月〉

なんだろうこのふわふわは蟹という生き物の味すべて晒して

カニ巻き汁

「山太郎蟹」の名前を初めて聞いたのは、日向市の若山牧水記念文学館だった。9月の牧水の命日を前に、ラジオ番組の収録でお邪魔した。そこで、牧水が味わったであろう宮崎の郷土の味を、地元のかたの協力で、さまざま用意していただいた。真っ赤に茹で上げられた山太郎蟹も、その中のひとつ。小ぶりだが、上海蟹のような甘味としっかりした味わいがある。

蟹好きの私は、細い脚の一本一本まで、しつこくせせって食べた。じゅうぶん美味だったが、地元のかたがたが「これはカニ巻き汁にすることが多い」「カニ巻き汁のほうが美味しさが引き立つ」「カニ巻き汁にすればよかったのに」と、やたらカニ巻きカニ巻きおっしゃるので、気になってしかたがない。みそ汁のようなもののことなので、いいダシが出るのだろうか。

後日「沖縄のガザミのみそ汁みたいなものかな?」と友人に聞くと「違う違う!」と即座に否定。アウトドア派である彼が、実際に作ってくれることになった。産卵のために川から海へ帰るところを、カゴのしかけで見事にゲット。数日間泥を吐かせ、その後はカボチャだけを食べさせる。

そして、ある日「本日、ミキサーの刑を執行いたしました」と動画が送られてきた。なんと、甲羅をはずした蟹を、みそと水とともにミキサーにかけてすりつぶしている。さらに4回ほど目の細かいザルで濾《こ》して、どろどろの液状に。これが「自家製カニ巻き汁の素」なのだった。

わが家のキッチンで、その泥状のものを見たときには、正直まったく食欲がわかなかった。ショウガをすり入れ、弱火にかける。「とにかく、ゆっくり火を入れるのがコツ」。しばらくすると、なんだかモロモロっと固まりはじめた。

幼いころ、牛乳にレモン汁を絞って「ニセヨーグルト」を作ったが、あれに似ている。蟹の成分が、何かと反応している感じ。最終的には、澄んだ汁に茶色い雲がフワーっと浮かんでいる状態に。

青ネギを散らして、すすってみると、「蟹蟹蟹〜!」としか言いようのない蟹感が、口いっぱいに広がった。濃厚にして芳醇《ほうじゅん》、まことに滋味豊かな一椀である。身の少ない小型の蟹を、余すところなく味わおうというすごい知恵だ。昔は石臼と杵で潰していたというから「蟹、一ミリも無駄にすまじ」という執念をさえ感じる。

宮崎に来て知った秋の味。毎年肌寒くなったら、カニ巻き汁をすすりたい。

〈2016年11月〉

五七五七七という封筒に心を詰めて短歌は手紙

短歌県みやざき

誰もみな吾より強く穏やかに見える日ありて呆《ほう》けもまたよき
杉田樹子

作者は、宮崎県にお住まいの94歳。「心豊かに歌う全国ふれあい短歌大会」で、最優秀賞に選ばれた作品だ。老いの先輩である人たちに、強さと穏やかさを見いだし、呆けも悪くないとおおらかに肯定している。

正確に飲んだつもりの錠剤が二か月後に三錠余る　永山陽介

佐賀県の90歳。2カ月で3錠という飲み間違いが、まことにリアルだ。それくらいなら大勢に影響はなさそうだが、気になるのは自分の「正確さ」だろう。事実だけを書きながら、老いへの不安が、うまくにじんでいる。

こらあつかちいっとぬるかまたあつかやっぱ風呂はよしわしゃ100歳じゃけん　石川津奈久

熊本県の100歳のかた、方言の生かしかたが素晴らしい。湯加減が、なかなか決まらないことをも含めて風呂を楽しんでいる感じだ。なんで「100歳じゃけん」なのか、よく考えるとわからないのだが、こうきっぱり言われてしまうと「そうですね！　100歳ですもんね」と相づちを打ちたくなってしまう。

この大会は、宮崎県で20年前にスタートし、15年前からは全国規模で行われている。47都道府県はもちろん、台湾やブラジルなど海外からの応募もある。各地の高齢者の思いが、短歌という手紙になって、ぞくぞくと宮崎に届けられるイメージだ。

大会節目の年ということで、先日記念の座談会が開かれた。メンバーは、短歌大会の立役者である歌人の伊藤一彦さんと、大阪在住の俳人にして歌人の坪内稔典さんと、私の3人。

坪内さんの故郷は、愛媛県だ。正岡子規や高浜虚子が出たことから、俳句が盛んな土地柄として知られる。「松山俳句甲子園」もあり、「俳句県」のイメージが定着している。同じ四国の香川は「うどん県」だ。

3人の雑談のなかで、じゃあ「短歌県」はどこだろうという話になった。斎藤茂吉を生んだ山形？　島木赤彦の長野？　いやいや、やっぱり若山牧水の宮崎じゃないかと。

「若山牧水賞」は第21回を数え、「牧水・短歌甲子園」も広がりを見せ、高齢者短歌のメッカともなっている今、宮崎は「短歌県」宣言を！　と無責任に盛り上がってしまった。

「短歌県みやざき」どうでしょう？

〈2016年12月〉

手作りにかける時間の豊かさを思えり手前味噌となるまで

食品の手作り率

宮崎に来て、手作りの食べ物をいただくことがすごく多いなあと感じる。柚子胡椒《ゆずこしょう》、梅干し、甘酒、ジャム、意外なところでは、こんにゃく。道の駅にこんにゃく芋が売っていて、それで作るのだとか。

ホームパーティーで「この味つけ、いいですね」と言ったら、お土産に手作りのごまドレッシングとめんつゆをもらったこともあった。そのパーティーでは、自家製のカラスミを持ってきた人がいて驚いた。一般家庭で、できるものとは。

誘ってもらう機会もあり、去年は初めて梅干し作りに挑戦した。6月の青梅が出回る時期に、梅干しや梅酒などを作ることを「梅仕事」と言う。そんな素敵な言葉を知ったことも喜びだった。

さて、冬は、梅仕事ならぬ味噌《みそ》仕事の季節。梅干し作りの時と同じ仲間に声をかけてもらい、これまた味噌の仕込みに初挑戦した。

水に漬けてふやかした大豆を、圧力鍋で柔らかくし、それをすりこ木で潰す。あつあつの大豆が潰れるとき、ふわーっと香りがたつ。塩と麹《こうじ》を手でなじませるときにも、麹のほのかな甘い匂いが鼻孔をくすぐる。ペースト状になった大豆と、塩と一体化した麹を、両手でしっかり混ぜ合わせる。むにゅむにゅこねる感じが、粘土遊びみたいで楽しい。よく混ざったら、空気を抜くように丸めて容器に入れて終了だ。

中学生の子どもたちも一緒に、4家族が集まっての味噌づくり。父ちゃんたちは途中からアルコールが入って、いい塩梅《あんばい》。香りや感触を感じながらの作業は、とても豊かなものだった。

「味噌って買うもんだと思ってた」という息子。「昔は、みんな手作りだったのよ。自分ちの味噌を自慢するところからできた言葉が、手前味噌」。そんな話をしながら、去年の味噌の味見などをさせてもらう時間は、とても幸せで、宮崎日日新聞が特集した「考福論」の記事を思い出した。

便利さや効率を追い求めて、社会は発展してきたけれど、個人が感じる幸福は、必ずしもそれらとはリンクしない。味噌が買える便利もあるし、効率を言えばプロが仕込んだほうがいいだろう。

でも、冬のある日、気心の知れた仲間が集まって味噌を仕込むというのは、ある意味とてもぜいたくだ。こういう時間がある幸せは、なかなか指標などでは測りづらいことのようにも思う。食品の手作り率という項目があったら、宮崎は、かなり上位なんじゃないだろうか。

〈2017年1月〉

パソコンを操りながら少年は神話のふるさとと自慢続ける

神社少年降臨

「板子乗降臨《いたこのり》」というお芝居を、メディキット県民文化センターで観た。宮崎県立芸術劇場のプロデュース公演で、物語の舞台は宮崎のとある山間の町。無農薬野菜に取り組む農家や天然酵母のパン屋さんがある田舎だが、大きな製薬会社のおかげで潤っているという一面も持つ。

その製薬会社が建てる研究所をめぐり町は二分。地元の人、移住者、旅人……反対運動の中で、さまざまな人間模様が描かれる。宮崎弁が飛び交うお芝居だが、物語の内容はとても普遍性のあるもので「これ、いろんな地方で、それぞれの方言で上演したら面白いだろうなあ」と思われた。

ただ、登場人物の一人が、神話なんて大したことないと言いながら、やけに詳しく、熱く語る場面がある。これは宮崎以外の地方で上演するならば、その土地土地の何かお国自慢的なものに置き換えなくてはならないだろう。

劇場では大きな笑いが起こっていたから、これはいかにも宮崎あるあるなのだと思われる。

そういえば去年のゴールデンウィークの前に、息子の同級生と話したおり「連休中、家族と山に登るのが楽しみ」というようなことを彼が言い、さらに「そこにある神社が素晴らしいんですよ」と目を輝かせたことを思い出した。

じいちゃんばあちゃんのいる延岡、というところまでは覚えているのだが、神社の名前は、何だったか。その神社が「けっこう有名な○○神社や××神社よりも、実は位が上なんです。すごいっしょ！」と彼は胸を張り、その由緒を誇らしげに語った。

宮崎に移住してひと月もたっていなかった私は、有名なほうの○○神社や××神社さえ知らなかったが、中学1年生の男子が、生き生きと神社自慢をすることが、さすが宮崎だなと印象に残った。神社に位というものがあるのかどうか、ちょっと調べてみたが、現在は公的な社格の制度は廃止され（伊勢神宮を除いて）「規模の大小はあっても、すべての神社は平等」ということになっている。

だが、人々のあいだでは、長い歴史をふまえて「ここは格が高い」というような意識があるのだろう。それを中1男子が、さらりと口にするというところが、すごい。幼いころから、家族や地域の人たちが神社について語るのを耳にしてきたのだろうなと思う。

この一件は「神社少年降臨」と名づけることにした。

〈2017年2月〉

お宝と知らされてのち手にとればドヤ顔で我を見上げる茸

宮崎の宝物

宮崎には、なにげなく宝物が存在している。先日えびの市で、作家の角田光代さんと対談し、「道の駅えびの」に立ち寄った。そこで、何よりも目をひいたのが、たくさんの茸《きのこ》だ。椎茸やナメコ、舞茸くらいはわかるが、ヤナギマツタケ、タモギタケ…見たこともない茸が並んでいる。乾物ではないキクラゲというのも、私には珍しい。

「どうやって食べるんだろう」。立ち止まって眺めていると、生産者らしきおじさんが話しかけてくれた。「今日のイチオシは、これ！」。ラベルを見ると「山伏茸」とある。

毛の生えた肉まんみたいな、白いモフモフの茸だ。名前の由来は、山伏が首にかけている梵天《ぼんてん》に似ているから。汁ものもいいが、なんといってもすき焼きがおすすめだね。肉のうまみを全部、このモフモフが吸いとって、もうたまらん！……と、熱い演説を聞いていると、いつのまにか買い物かごにはモフモフ、じゃなかった山伏茸が入れられていた。

ついでに、バラの花のようなトキイロヒラタケも、見た目に惹かれて購入。「えびの味がするよ」と言われたのは、えびの市にひっかけたダジャレだったか。いや、帰って匂いを嗅いでみると、確かに海老っぽい。ニンニクと一緒に炒めたら、干し海老が入っているのかと一瞬思うほど、香ばしくて非常に美味だった。

ツイッターに山伏茸の写真を載せると、すごい反響で、数日で一万を超える「いいね」がついた。

「ハムスター？」「兎かと」「猫のキン○マみたい」「ほぼ、ぬいぐるみですね」「焼きたてパン！」「クッションだ」「サンゴっぽい」と見立て合戦。「顔を埋めたい！」「すりすりしたい…」という感想も多く、世の中にはモフモフ好きが、かなりいるらしい。

茸に詳しい人も多く、「イソギンチャクみたいになっているのが多いけど、これは素晴らしい。新鮮だ！」「認知症の予防になります」「天ぷらもいいですよ」などの豆知識も。

「トキイロヒラタケは、育ち過ぎると硬くなるのが難点で生産者が限られます」と書き込んでくれたのは、菌類の専門家。その人でさえ「食べごろのものに出会ったことがないので、ベストコンディションの味を知りません」と言うではないか。おそるべし、宮崎の底力。これからも、どんなお宝に出会えるか、楽しみになってきた。

〈2017年3月〉

口蹄疫の悲しみ深く咲く丘の向日葵のこと知る音楽祭

ストリート音楽祭

ちょうど1年前の今ごろ、福岡でDJをしている友人から連絡があった。みやざき国際ストリート音楽祭で、ジャバループという素敵なバンドが出演するから一緒に行かないかと。彼は、わざわざそのために飛行機で来るという。俄然《がぜん》興味を持って、連休初日、県庁近くの会場を訪ねた。

4車線の道路を気前よく封鎖しての舞台は、豊かな街路樹の新緑をバックに、素晴らしい解放感だ。他にもいくつもの会場があって、街じゅうが音楽で沸き立っている。

お目当てのジャバループは、東京を拠点に活躍するバンドで、代表曲の「シロクマ」は「iTunes」のジャズチャート1位を長期に渡って獲得した。親しみやすいメロディーラインとノリのよさに、私も心をわしづかみされ「楽しい！かっこいい！」と、気がついたら最前列でぴょんぴょんしていた。

トランペットのマコトさんが高千穂町出身だそうで、そういう縁で出演が実現したのだろう。生で（しかもタダで）こんな演奏に出会えるなんて、宮崎すごい！と興奮した。

さらにジャバループの後、颯爽《さっそう》と舞台に登場した三宅伸治さんというミュージシャンの「ただものでない感」が半端ない。私は音楽には疎いほうだが、人を見る目はある。友人によると、忌野清志郎さんとの共作も多数あるスゴイ人とのこと。

三宅さんは宮崎出身で、口蹄疫からの再生・復活を目的とした「希望と太陽のロックフェス」のプロデューサーでもあるそうだ。2012年の第1回からフェスに参加し続けている石塚英彦さんが、この音楽祭にも駆けつけてくれたということで、壇上に！　会場は大いに沸いた。

牛の衣装で笑いをとりつつも、石塚さんは真摯《しんし》に口蹄疫について語り「都農《つの》の丘の上で」という歌を披露してくれた。作詞・作曲、石塚英彦。口蹄疫の時に苦労された畜産農家さんの家族を主人公にした歌である。ゆったりとせつないメロディー、そしてストーリー性のある歌詞が胸に迫ってくる。

夜は、友人のコネで打ち上げにまで参加してしまった私。図々しいことこの上ないが、おかげで「この歌詞、大好きです。ほんと素晴らしい」と石塚さんに直接伝えることができた。

「見たくないものも見てきた」という歌詞が追いかけてくる夜の赤ワイン

〈2017年4月〉

明太子キャビアからすみウニいくら数の子とび子みんな大好き

宮崎キャビア

「好きな食べ物は魚卵！」と言うと、たいてい相手はひるむ。「ぎょ、ぎょらん？」。そう、魚卵。

宮崎でキャビアが作られていることを知ったのはいつだったか。興味があったので、空港で探してみたが見当たらない。近くの売り場で尋ねると即座に電話をとり「キャビアをご希望のお客様が、こちらに！」と言っている。いや、まだ買うと決めたわけでは……。

満面の笑みをたたえた係の人が、小走りで現れ、案内してくれた。小さな靴墨くらいのが1万2000円！

思わず後ずさったが「輸入物は、殺菌したり保存のために高い塩分処理をしたりしています。が、こちらはフレッシュなものを岩塩で薄く味つけただけで熟成していますので、キャビア本来の味が楽しめます」という悪魔のささやき（のような説明）に負けて、えいやっと買ってしまった。2016年1月のこと。

ドキドキしながら、そっと舌にのせると「んまーい！」。品のいい香りと濃厚な旨みが最高で、すっかり虜になってしまった。

とはいえ、そうそう気軽に買えるものではない。その年の4月に宮崎に引っ越し、地元民となった私は、ある日の新聞記事に目が釘づけになった。伊勢志摩サミットで宮崎のキャビアが使われたことを記念して、限定千個、6㌘入りのを1983円で販売するという。ほぼ4割引きだ。興奮して、10個以上申し込んだ。

実はその夏、以前住んでいた石垣島の友人たちに会いに行く予定だったのだが、手土産に悩んでいた。マンゴーや牛肉や焼酎など、石垣と宮崎は、意外と名産品がかぶっている。これだ、と思った。案の定、「サミットで振る舞われたジャパンキャビア」は大ウケで、ことのほか喜ばれた。

キャビアには、こんな思い出もある。バブルの頃、仕事で初めてファーストクラスに乗った。機内の夕食で和食を選んだのだが、なんと洋食の前菜として山盛りのキャビアが運ばれているではないか。凝視しているとCAさんが「召し上がりますか?」と勧めてくれた。天使だった。そしておかわりも自由。天国だった。

ベストだと思ってきた食べ方は、玉ねぎとゆで卵のみじん切りとともに、薄切りのトーストにたっぷりのキャビア。が、ジャパンキャビアのサイトを見ると、カラフルなブリニ(ロシアのパンケーキみたいなやつ)と高千穂バターと一緒に食べる方法が紹介されていて、むちゃくちゃ美味しそう。しかも、セットで売っている。うーん……ポチッ(誘惑に負けて注文する音)。

〈2017年5月〉

球場のビールはうまし何でもない日のはずだったサラダ記念日

サラダの短歌

『サラダ記念日』を出版してから、今年でちょうど30年。宮崎日日新聞でサラダをテーマにした短歌を募集したところ、９７１首もの作品が寄せられた。

「日向夏ドレッシングのような明るさにトマトを濡らすはつ夏の雨　小寺豊子」

トマトを育てる初夏の雨を、サラダを美味しくするドレッシングにたとえているところが素敵だ。すでに畑で、サラダが完成しているような楽しさ。日向夏が、ご当地感と爽やかさを同時に演出している。

野菜を育てている実感のこもった歌が多かったのは、さすが宮崎だ。

「畑から曲がったキュウリ連れ帰りサラダ作れば真っ直ぐ美味し　川平陽子」

「曲がった」と「真っ直ぐ」の対比が面白く、「連れ帰り」という擬人化からは、キュウリへの愛情が伝わってくる。

「他人の恋見つつ正午の食堂でオクラサラダをねばつかせおり　久永草太」

学食での一場面だろうか。他人の恋という突き放した言い方が印象的だ。でも気になるんだよね。それをオクラのねばつきで表現したところが素晴らしい。

どんなサラダを、誰と食べるか。「誰と」はとても重要で、恋の秀歌も多かった。

「ポテサラのりんごが嫌いと君はいう僕は好きだよりんごも君も　石川泰子」

ポテトサラダへの果物投入は、意見の分かれるところ。単純な好き嫌いの話と見せかけて、結句でついでのように告白して意表をつく一首。あえてりんごと君を同列に扱っているのは、照れ隠しなのだろう。

「もしあればちょっぴり嬉しいクルトンな女でいたい君の前では　高塚美衣」

クルトンは、ないと成立しないほどでもないが、あると嬉しい。微妙な存在感が、比喩にうまく使われている。「クルトンな女」という軽やかな響きからは、自分としてもそれくらいが気楽、という思いが感じられる。

「二人分作ったサラダ『好きだよ』と言えなくてもさ言わなくてもさ　舩元恵美」

好きな人を思いつつ作ったサラダ。言えないのか言わないのか、自問するような響きが魅力だ。

〈2017年6月〉

収穫の痛みするどし指先に佐土原ナスの棘がひらめく

佐土原ナス

佐土原《さどわら》ナスを知ったのは、石垣島で暮らしていた時だった。住んでいたところは市街地から遠く、運転できない私は、買い物のほとんどをネットショッピングに頼っていた。なにせ街のスーパーにタクシーで行くと、5千円以上かかってしまう。野菜は、ご近所からの貰い物も多かったが、定期的に宮崎の野菜を取り寄せていた。旬のものがお任せで届く。

ある時その中に、見たこともないでっかいナスがあって、びっくり。説明を読むと、江戸時代から親しまれてきたナスだったが、一度姿を消し、在来種を復活させようという試みの中で、たった4粒だけが発芽したとのこと。料理方法はお好きに…と書きつつ「焼きナスが最高です。焼きナスにすると、このナスの旨さが、良さが…」と、どう見ても焼きナス推しなので、素直に従ってみることにした。

焦げ焦げに焼いて皮をむくという調理法なので、実《み》が大きいほうがロスが少ない。グリルからは、まるで焼き芋のような濃厚な香りが漂い、もういい予感しかしない。そしてできあがった焼きナスを食べた瞬間「私、料理の腕前あがった!?」と錯覚してしまうほど、美味しかった。ねっとりと舌にからみつく食感、鼻に抜ける芳しい香り、品のいい甘味、もう人生最高の焼きナスである。

以来、定期便が届くたびに佐土原ナスを期待していたが、宮崎在住の今は、徒歩圏内のスーパーで買うことができる。なんという幸せ! この夏、何度焼きナスをしたか、わからない。

さらに、好きだ好きだと言い続けると、縁というのは引き寄せられるもので、先日「わけもん！」というテレビ番組で、生産者さんを取材させてもらうことができた。現在十数名の「佐土原ナス研究会」で、日々、ナスの栽培研究を続けておられるとのこと。

ビニールハウスには早朝お邪魔したが、それでも汗が噴き出してきた。その場でナマをかじらせてもらうと、サクッと歯を立てたとたん、青リンゴのような香りが満ちた。

収穫と袋詰めの手伝いをしたご褒美に、採れたてを七輪の炭火で焼きナスに。かなり立派なものだったが一本ぺろりといただいた。また、家のグリルでは気づけなかったのだが、優しい藍色が、輝くばかりの黄金色になる瞬間がある。これは、まことに眼福で、色の変化を見せることが、おもてなしになるレベル。ホームパーティーで応用できないかと、いま考え中だ。

〈2017年7月〉

ドガ、ビュッフェ、ルオー、フォンタナ、ダリ、フジタ、海老原喜之助、佐伯祐三

夢の美術館

今回の短歌は、すべて画家の名前でできている。それぞれの画家の代表作や歴史的に意義深い作品が一度に見られるとしたら、夢のような話だ。そして今、宮崎県立美術館では、それが正夢となっている。北九州市立美術館と福岡市美術館の改修時期が重なったことから、両館のお宝がまとめて巡回するという「夢の美術館」が開催中だ。

調子にのって、もう一首。

やなぎみわ、バスキア、ロスコ、モネ、ステラ、シャガール、三岸、アンディ・ウォーホル

まだまだいけそうだが、これくらいにしておこう。すごいラインナップだということが、十分に伝わると思う。一人の画業をじっくりたどる展覧会もいいが（たとえば昨年の有元利夫展、素晴らしかった！）、今回のような豪華幕の内弁当スタイルの展覧会では、自分と相性のいい画家や、お気に入りの一点と巡り合う楽しみがある。ピンとくる作品があれば、その画家の他の作品を見る旅を計画したり、画家の書いたエッセイを読んでみたり、そんな広げ方もおすすめだ。

私はいつも、「もしこの中の一枚をもらえるとしたら」と考えながら観ることにしている。美術史的な価値とか名声とか関係なく「自分の部屋用ならどれか？」という目で見ると、意外とシビアに好みがはっきりする。世界的名画であっても「これは、いらん！」と感じたら、自分に

とっては名画ではない。

ちなみに今回は瑛九の「卵（そふとなバランス）」をもらうことにした。優しい色合いの抽象画で、生命の始まりを感じつつ、ソフトな曲線に吸いこまれて見入っていると、宇宙空間のようにも見えてくる。ちなみに瑛九が宮崎生まれだとは、昨年引っ越してくるまで知らなかった。

会場には、子どもたちの姿も多数見られた。小中高校生は入場無料とのこと。この展覧会は九州地方を中心に六つの美術館を巡回するが、高校生以下が無料なのは、宮崎県立美術館だけだそうだ。夏休みに、何度でも、思う存分絵画と過ごせるなんて、まことに粋なはからいである。

音楽でも美術でも、子どものころに理屈抜きにいいものと出会うことは、心の大きな栄養になる。またとないチャンスなので、未見のかたは、ぜひぜひ駆け込んでほしい。

〈2017年8月〉

走ればそれだけでいいという親はいなくてみんな声援送る

運動会

運動会を楽しめるようになったのは、大人になってからだ。私は「超」のつく運動音痴で走るのも遅い。小学生の徒競走の時は、ゴールでカメラを構えていては私一人しか写らないというので、親はスタート地点で写真を撮っていた。

徒競走の場合は、私がいることでビリにならずにすむとみんなに喜ばれたが、その逆がリレーである。私のいるチームは、例外なく絶望的な差をつけられて最下位になる。いや、一度だけ例外があって、あれは小学校6年生の運動会だった。いつものようにあり得ない抜かされかたをしてノロノロよたよたとバトンを渡したのがD君。抜群に足の速い男の子で、あれよあれよという間にゴボウ抜き。自分のいるチームがリレーで優勝したのは、後にも先にもこの時だけだ。

しかもD君（イケメン、少年野球チームのエースで4番）は、わざわざ私のところに来て「まっちゃんのおかげでヒーローになっちゃったよ。サンキュ！」と、いたずらっぽく笑ってくれたのだ。きゅーん。これが運動会にまつわる唯一のいい思い出かもしれない。

さて、前置きが長くなってしまったが、宮崎に来て、息子の中学校や友人のお子さんの学校の運動会を、この秋も楽しんだ。そこでちょっとした不思議を感じたのが「赤団」「白団」という言い方だ。最初は「赤組の応援団」「白組の応援団」を意味しているのかと思ったが、そうではなくて、赤チーム、白チームの意のようだ。私の知る限り多くの場合、それは赤組、白組と呼ばれる。

が、宮崎の人に尋ねると「え？　普通、赤団、白団でしょう」と言う。さらに「じゃあ赤組のリーダーは組長？」と逆に笑われてしまった。確かに聞き慣れてくると「ダン」という響きは、なかなかいい。力強くて弾むような感じがある。集団の団、団体の団、団結の団。みんなが一つにまとまるイメージが、「組」以上に伝わってくる。

ところ変われば、で思い出すのは、石垣島に住んでいた頃の運動会。しめくくりに「校歌ダンス」というのがあった。校歌に合わせて両手に持った小旗を振りながら、決まった振り付けでみんなが踊る。けっこう年輩の人まで「懐かしいなぁ」と体を動かしているから、歴史は古そうだ。これも驚いて尋ねると「えっ!?　全国共通じゃないの？」という答えが返ってくるのだった。校歌ダンス…宮崎ではまだ見たことがない。

〈2017年9月〉

今日までに私がついた嘘なんてどうでもいいよというような海

マスターズ短歌甲子園

マスターズ短歌甲子園を、ご存じだろうか。牧水・短歌甲子園については、以前ご紹介した。全国から高校生が集う短歌大会で、3人一組のチームで戦う。

その「マスターズ版」が開催されて、今年で5回目。作品募集のチラシには「高校生には高校生らしい良さがありますが、人生を重ねてきたベテランの方々には、歌にも発言にも深みがあります」云々とある。要は、人生のマスターの方々に短歌を詠んでいただこうという企画。昨年の作品から2首、紹介してみよう。

ふたたびは押すことのなき番号の旧友三人　削除ためらふ

もうこの世にはいない友人なのだろう。電話をすることは、ありえない。けれど削除もためらわれる。その番号は、友人と自分がつながっていた証なのだ。

全体を見れば良き人庭先のむかごを採りてふたりで食す

「全体を見れば」が面白い。細かいところまでチェックすれば、不満はある。それを見ないのが、マスターの知恵なのだ。下の句からは、豊かな日常が伝わってくる。

今年の題は「海」と「燃」。3人一組で、それぞれの題で詠んだ短歌を準備すれば（3人×2首＝6首）、どなたでも応募できる。予備選考で残った4チームが、12月17日に行われる本選に出場。自作に込めた思いを語ったり、自分のチームの短歌をほめて応援したり、相手チームの短歌をくさ…いや、批評したりして戦う。

審査は、作品の出来栄えに加え、感性や自己表現力、アピール力なども加味されるというから、短歌初心者でも勝ち目はありそうだ。観覧は無料。今年は、私も審査員として参加するので、今から楽しみにしている。

昨年の出場チームは、日南「飫肥の会」、「はまゆう」、「オナイドシ」、「チーム（お）かっぱ」と、ネーミングも自由で楽しい。たとえば、ご近所さんを誘って「チーム住吉」、職域で編成して「歯医者の会」、趣味の集まり「ヨガさんチーム」、飲み屋の常連「チームだれやめ」、素敵なマダムで「マダム・デラックス」、紳士も負けずに「ロマンスグレー」、体力自慢の「自転車小僧」……とにかく3人一組になってのご応募、お待ちしています。

〈2017年10月〉

一人では飲まぬ酒なりワインとは和飲あるいは輪飲と思う

宮崎ワイン

先日「みやざきワインを愛する会」が、シーガイアで開かれた。都農、綾、五ケ瀬、都城。県内四つのワイナリーの新酒解禁をお祝いする催しで、今年が第3回となる。かの有名なボジョレーヌーボーより、1カ月も早く新酒を味わえるのが、宮崎ワインの魅力の一つだ。

3回目の趣向ということで、今年は事前に「みやざきワイン」をテーマにした短歌を募集、伊藤一彦氏と私が選者を務めた。

「みやざきで飲んだワインの一口に体の中であがる波しぶき　山本節子」

美味しさを言葉で表現するのは、なかなか難しい。大賞作品には、ワインを口にふくんだ瞬間の印象が「波しぶき」という鮮烈な比喩で表現されていた。結句の字余りが、力強い。「みやざき」と「波」が縁語のように響き合うところも心憎く、文句なしの受賞となった。これから宮崎のワインを飲むとき、自分自身の中に波しぶきを確認してしまいそう……短歌には、そんな効用もある。

「おつまみを主婦が持ち寄るだれやみをワインボトルが女子会にする　川平陽子」

持ち寄りのだれやみだって、ワインがあればおしゃれになる。

「レコードもワインも此処に君を待つ今は二人の暮しとなれば　栗巣タツ子」

子育てを卒業し、仕事もリタイアされたご夫婦だろう。老後の暮しを彩るものとして、ワインが輝いている。

県外に嫁いだ娘にワインを送る歌、県外にばかり送ってないで私にも！とワインをねだられる歌、ご褒美のワイン、ドライブ帰りのお土産ワイン、人生と重ねるワイン、鯖すしや生チリメンのアヒージョと合わせるワイン……。

みやざきワインが「ちょっと特別な存在」として、でも特別すぎずに暮らしの風景に溶けこんでいる。そのことが、短歌を通して伝わってきて、とても楽しい選考だった。

宮崎の食や文化を、全国百人の歌人が詠んだ『みやざき百人一首』で、私に与えられた題は、宮崎ワインだった。

「宮崎のワイン豊かに酌みゆけば土地の縁とは人の縁なり」

当時は沖縄在住だったが、心の中では宮崎への移住を決めていた。その後、このような形で、今度は宮崎ワインとの縁が深まったのだから、男女関係ではないけれど、縁は異なもの味なもの、と言ってみたい。

〈2017年11月〉

家族というまあるいケーキ切り分けて吾《あ》にひとつぶの苺をのせる

アンオーのケーキ

宮崎のみなさん、メリークリスマス！　今回はケーキの話題だが、まずは「ウニイクラの法則」について。食べ物に関して、私の発見した法則の一つだ。私の場合、ウニはそれほど好きではないので、なかなか「美味しい」と感じない。知床で、羅臼昆布を食べて育った獲れたてのウニを、その場で開けて食べた時には、さすがに「！」となった。逆に、イクラは大好きなので、コンビニの「イクラおにぎり」で充分幸せになれる。つまり「好きなものほどストライクゾーンが広い」。

ケーキについて言うと、私のストライクゾーンは、針の穴。しかし、そこをズッキュンと射抜くケーキに出会ってしまった。

宮崎市にある「パティスリー　アンオー」。インタビュアーを務める「匠の蔵」というテレビとラジオの番組で、店を訪ねた。オーナーシェフの芋生《いもう》玲子さんは、2012年にパリの国際製菓コンクールで世界一になった実績を持つ。店に一歩足を踏み入れると、キラッキラのケーキたちが「イッツショータイム！」とばかりに並んでいて、圧倒される。

見た目の美しさもさることながら、どれも経験したことのない豊かな味わいだ。たとえば「シルク」というチョコレートケーキでは、チョコとオレンジの風味が絶妙に響き合う。

その「絶妙」を解剖すると、オレンジはジュレとムース、さらにジャムのようなものが敷かれていて、チョコレートのほうはガナッシュ、ムース、スポンジと三変化。それらがフォークを入れたときの断面にも驚きをもたらしてくれる。

フレッシュのシャインマスカットがふんだんに使われているケーキでは、葡萄《ぶどう》に寄り添うのが、なんとチーズクリーム。これがマスカットの爽やかさを引き立てつつコクを出している。ナイスアシスト！　取材が終わってからも、二度三度と足を運んでしまった。こんなことは初めてだ。「あまいもの」というより「うまいもの」が、そこにはある。

始めに、イッツショータイム！と書いたが、アンオーのケーキを味わうことは、お芝居を観るのと似ているな、と思った。食べ終わったら、幕の下りた舞台のように、何もなくなってしまう。けれどその感動は、いつまでも心の中に残るのだった。


〈2017年12月〉

宮崎空港

本の中の人なる我が飛び入りし『ブンとフン』的に驚かれたり

高校生の「一冊」

昨年12月、県立図書館で「私のすすめるこの一冊～高校生の声～」という催しがあった。高校生が薦める本と理由を募ったところ、参加は25校・565名にも上ったという。面白そうなので、ふらっと見にいったら「サプライズです！」と紹介されてしまい、面はゆい。入選した4人の高校生による発表は、堂々たるもので、四者四様に読書の醍醐《だいごみ》味を伝えていた。

重松清『十字架』を薦める延岡高校の黒木寧乃さんは「『いじめはいけない』という大人の言葉よりも、ノンフィクションの本よりも、まっすぐ自分の心に届きました」と話す。これこそが小説というものの力だろう。すぐれた小説は、読者をその世界に生かし体験させてくれる。自分の心からの声として「いじめはいけない」と黒木さんは感じることができたのだ。

さだまさし『風に立つライオン』は、宮崎南高校肱岡由杏子さんのお薦め。アフリカの戦傷病院で働く日本人医師が主人公だ。「本当の医療というものを肌で感じることができました。新しい世界が広がる1冊です」。この言葉もまた、読書の魅力を表している。自分の知らない世界や価値観に出会うことは、視野を大きく広げてくれる。

五ケ瀬中等教育学校の澤田若菜さんは、佐野徹夜『君は月夜に光り輝く』を薦める。「月光に照らされると体が光り、死期が近づくとその輝きが増す月光病を患っている少女と主人公の少年の話です。じわりじわりと押し寄せてくるラストでは涙があふれること間違いなし。私は30分泣きました」。現実にはありえない設定でも、読書によってもたらされた涙は本当のもの。言葉の力を、あらためて感じさせられる。

そして最後に発表した延岡しろやま支援高校の橋口侑果さんのお薦め本は井上美由紀『生きてます、15歳。』。全盲の少女が書いた母親との奮闘記だ。井上美由紀さんは全国盲学校弁論大会で優勝した人だが、私は当時審査員を務めており、本書にもちょっぴり登場している。そのことで橋口さんと話が弾んだ。本は、人と人との縁をもつなぐ。

橋口さんは、障がいのある自身と美由紀さんを重ね合わせ「この本に出会い、生き方や考え方を変えることができました」と言う。著者のように自分らしい生き方を見つけるため、家から離れた場所で高校生活を送っているとのこと。この1冊が、橋口さんの背中を押した。本は時に、人生を切り開く力をも与えてくれる。

〈2018年1月〉

アボカドの固さをそっと確かめるように抱きしめられるキッチン

宮崎のアボカド

広辞苑第7版で「やばい」の意味が追加された。「のめり込みそうである」。昨年12月、宮崎空港で、私は非常にやばいものと出会った。果物のスペースの前に、見慣れないワゴンがあって、そこに素晴らしく立派なアボカドが並んでいたのだ。「ひなたプリンセス」と名づけられたそれは、一つ一つクッション材に包まれて箱に収められている。1個

2500円という値段に一瞬ひるんだが、好奇心を抑えきれずに買ってしまった。それは、私のアボカド人生最高の1個になった。

アボカドとの出会いは、30年近く前。今ほどポピュラーでなかったころ、料理雑誌で知り興味を持った。ゆで卵のみじん切りやトマトと合わせて、くり抜いた皮を器にして盛りつけたり、ワカモーレというディップにしたり、その他、サラダ、サンドイッチ、天ぷら……どれもアボカドが入るとコクが出て美味しくなる。すっかりアボカドファンになったが、食べ方としてはシンプルイズベストというか「わさび醤油が一番」というところに落ち着いた。

ひなたプリンセスも、まずはわさび醤油でと思いつつ、一口何もつけずに食べてみる。「!!!」。もう、これだけで充分だ。こんな濃厚な旨みは、今まで味わったことがない。まるでナッツを思わせる。舌にまとわりつくようなクリーミーな食感、切り口の緑のグラデーションも、ほれぼれする美しさである。思いついてオリーブオイル（ウチにあるやつで一番いいの）と岩塩で変化をつけてみると、これがまたいい。森のバターと呼ばれるアボカドの「森」な感じが引き立った。

どんな人が育てているのだろう。ツテを頼って会いに行ってしまった。知人の知人くらいで繋がるのが、宮崎のいいところだ。

横山果樹園の横山洋一さん。マンゴー農家を継ぐかたわら、大好きだったアボカドを、試しにハウスの隅に植えてみたのがきっかけという。試行錯誤と大変な手間暇の中で、このアボカドは生まれた。ハウスに入れていただくと、整然とした畝ごとに葉っぱの大きさや形が違う。全部で46品種ものアボカドに挑戦しているそうだ。中には1キロにもなる巨大なのや、皮ごと食べられるものもあるという。私が食べたのはピンカートン。瓢箪型が愛らしい品種だった。

宮崎の新たな特産品としてのアボカド。いい予感しかしないし、心から応援したい。

〈2018年2月〉

桜花《さくらばな》早や咲き初めてコシのないうどん優しき宮崎の春

宮崎のうどん

福岡出身、東京在住の友人が「因幡《いなば》うどん」というのを定期的に取り寄せている。時おり無性に食べたくなるのだそうだ。「タモリさんも言ってるけど、マジでうどんにコシはいらないから！」。柔らかいうどんこそが、彼女のソウルフードなのだ。

福岡に行ったとき、その因幡うどんを食べてみたくて店を探したのだが、方向音痴の私は道に迷ってしまい「あのーいなばうどんって、この近くにありますか?」と3人くらいに尋ねて、やっとたどりついた。入ってみると「いなにわうどん」の店だった。何が悲しゅうて福岡で秋田名物を……と思いつつ啜《すす》ったら、コシがあってツルツルしていて、なかなか美味。大阪生まれの私は、どちらかというとコシを好む。

さて、宮崎も同じ九州ということで、コシのないうどんが多いなあと感じる。引っ越してきて家具を買いにいった帰り、通りかかった「大盛うどん」という店がとても繁盛していたので入ってみると、みごとにやわやわ。でも、いりこのダシのパンチが効いていて、柔らかい麺によくなじむ。ふむふむ、これはこれで悪くない。胃に優しい別の食べ物と思えばいいんじゃないかしら、と思った。

ママ友に誘われて「百姓うどん」という人気店にも行ったが、期待を裏切らない柔らかさだった。息子とその友人が頼んだタワーのようなかき氷は、店の名物だそうだ。いくらなんでもというくらいの高さで、びっくり。「これは私のおごりね」とママ友が払ってくれたのだが、チラ見したら一万円札を出している。「えええーっ！　いくらするの？　２千円？　３千円？」とドキドキして、お釣りのほうをガン見したところ、９５００円もらっていたので安心した。非常に良心的な値段である。ごちそうしてもらって言うのもなんだが。

60センチは越えるかというかき氷の、てっぺんに食らいついている息子。その写真が、インスタ映えする。どちらかというと、食べているより吐いているように（マーライオン的な）見えたけれど。

先日、大阪出身の友人が宮崎に来たので、コシのないうどんの洗礼を受けてもらうべく、うどん屋に行った。一口食べた友人が、手を止めて考えこんでいる。柔らかくて驚いているのだろうか。彼女がぽつんと一言。「これ、なんか間違ってへん？」……やはり関西人にはコシが必要なようだ。

〈２０１８年３月〉

道の駅いくつも寄ってさよならを先送りする春の国道

道の駅

息子の同級生が転校することになった。その子のお母さんと私にとっても、お別れの春だ。運転のできない私は、よく彼女の車に乗せてもらっていた。その日も、ひょんなことから門川から宮崎市内まで。もうこういう機会は無くなるだろうなあと思いながらのドライブ。細島港が見えてくる。「ややっ、牧水が上京する時、出発した港ではないか！」。さらに進むと耳川が日向灘に注ぐ美々津へ。「きゃー、ここって、牧水が初めて見た海じゃん！」。

本をまとめているところなので、牧水のことで頭がいっぱいの私は、いちいちウルサイ。親切な彼女は、海の見えるドライブインで車を止めてくれた。その片隅で売っていた新鮮なトマトとピーマンを目ざとく見つけ、ちゃっかり購入。「宮崎って、ほんと野菜が美味しいよね」と言うと「じゃあ、道の駅めぐりをしながら帰ろうか」と嬉しい提案が。まずは日向の道の駅へ。素晴らしい品ぞろえだ。むむ、ピーマンはここで買えばよかったか、などと思いつつ、手作りの田舎こんにゃく、へべす大根（漬物）、ちりめんじゃこなどを見つくろう。ピーマンを炒めて、たっぷりのちりめんを絡ませて甘辛くしたら、さぞ美味かろう。

続いて道の駅つの門前市場。野菜の新鮮さが半端ない。そして良心的すぎる値段。ズッキーニが3本で200円とか、ありえないでしょう。おばちゃん、東京じゃ一本298円で買ってたよ。緑濃き肉厚のほうれん草が一把100円……もう野菜の好きな人は、みんな宮崎に移住すればいいのに、と心から思う。川南町の卵とか、宮崎の豚肉で作った熟成ウインナーやスモークのロースハムとか、見るからに美味しそうで次々とカゴへイン！　週末に友人が来ることを思い出し、スイートピーを追加。するとレジのところで「このスイートピーは元気がない」とのアドバイスがあり、キャンセルさせてもらった。こんなところも良心的だ。

ラストは、最近オープンしたという高鍋のママンマルシェへ。えっここ宮崎？（失礼！）驚くほどオシャレだ。福井の奥井海生堂の昆布など、道の駅とは一味違う充実もある。近くの農大からの出荷が魅力的で、生き生きしたスイートピーと朝採れのきゅうりをゲット。つやつやのパプリカを発見したので、これはもうズッキーニとともにラタトゥイユを作るしかないと、気分が盛り上がる。

道の駅のおかげで、私たちは笑顔でお別れすることができたのだった。

〈２０１８年４月〉

サーフィンと焚火を所望　日本のひなたに始まる黄金週間

青島の休日

ゴールデンウィーク、息子が「またサーフィンやりたい！」と言うので青島に滞在した。横浜から遊びに来た甥っ子も一緒だ。二人は、去年の夏に初めて挑戦したのだが、そこそこ波に乗れたのが、よほど楽しかったらしい。青島サーフィンセンターに申し込むと、ボードもウェットスーツも用意してくれて、インストラクターの指導が受けられる。

こどものくにバラ園がちょうど見ごろを迎えていた。歩いているだけで濃厚な香りに包まれて、まことに豊かな気分。隣接して、4月にオープンしたばかりの「青島ハンモック」というオシャレカフェがあるとネットで知ったので、開店15分前に行って並んだ。「ゴールデンウィーク、観光地、話題」と三拍子揃えば、さぞかし混むだろう。我々の前には、すでに一組のカップルがいた。明らかに県外から来た感じだ。だが、開店と同時に入店したのは、カップルと私たちだけ。余裕で2階の眺めのいい席を確保できた。宮崎、いいところだなあ。

野菜中心のランチプレートは、これぞインスタ映え！の素敵な盛りつけで、スナップえんどう、サラダほうれんそう、ラディッシュetc……一つ一つの野菜の味が実に濃い。新玉ねぎのカツはとろける甘さだし、レモンじゃなく日向夏をしぼるっていうのも爽やかだ。

都会から来た（野菜がそんなに好きじゃないはずの）甥っ子が、もりもり食べている。宮崎野菜の実力を感じるひとときだった。

カフェの店名が示すように、実はこの店の1階は、ハンモック専門店だ。ランチ後は、展示されているハンモックに寝そべって、ご満悦の二人。特に息子は「柔らかいブランコだあ。海の上にいるみたい〜」と、うっとり。そのうち案の定「これ欲しい〜これ欲しい〜」と言い出した。

忘れていたが、息子が小さいときに大好きだった遊びが「タオルケットに寝そべり、持ちあげて揺らしてもらう」というもの。「バナナになった気持ちがする」と独特の表現をしていたが、まさにあれはハンモック状態だ。少し大きくなると、ブランコ目当てで毎日のように公園へ行った。要するに揺れるのが好きらしい。

マンションでハンモックなんて無理！　と「欲しい光線」は無視したが、将来、自分でハンモックのある暮らしを目指すぶんには悪くないかもと思いつつ、店を出たのでした。

〈2018年5月〉

七色の紫陽花の咲くこの国の大切な人、きみと君とキミ

性の多様性

先月行われたフォーラム「宮崎から考えるLGBT」に足を運んだ。宮崎日日新聞社が、1月から多面的な記事を展開しているのを興味深く読んできた。報道部と生活文化部の記者たちが取材を重ねてきたという。そこがいい。これは社会の在りかたの報道であるとともに、文化としてのアイデンティティーを、私たち一人一人に問いかけてくれるテーマだ

と思うから。昨年の秋に、県内のある高校の文化祭で演劇「あらしのよるに」を見たことを思い出す。秘密の友だちになった狼のガブと山羊のメイとの関係は、ＬＧＢＴという視点でも解釈できる……そんな新鮮な舞台だった。教室での展示もリンクして「多様性」。同性婚のできる国を示す地図などがあった。やるじゃないか、高校生！

短歌の世界でも動きがある。先月歌集『メタリック』を出版した小佐野彈さんは、ゲイであることをオープンにしている。短歌研究新人賞を受賞した期待の新人だ。『メタリック』から何首か、ご紹介しよう。

ママレモン香る朝焼け性別は柑橘類としておく　いまは

軽やかで爽やかな一首だが、批評性もある。「ママレモン」というネーミングには、食器洗いはママの仕事という先入観があるだろう。レモンと響き合わせての「柑橘類《かんきつ》」。「いまは」という着地点には、性別の分類なんて大した意味は持たないし、流動的なもんじゃない？　という思いがにじむ。

むらさきの性もてあます僕だから次は蝸牛《くわぎう》として生まれたい

むらさきは赤と青が混ざってできる色。そしてカタツムリは雌雄同体の生き物だ。

確固たる理想くづれてなほ僕を赦せるらしい　母といふひと

家族の問題は、フォーラムでも話題にのぼった。一番身近な人だから打ち明けにくいということや、偏見なく受け入れられる知識を共有することの大切さ。この一首に描かれた母親は、赦《ゆる》すどころか、僕を深く愛している。

多様性多様性つて僕たちがざつくり形容されて花ふる

多様性という言葉でさえ、何かをひとまとめにしようとする。他人事ではなく、自分自身も、その多様な中の一人であるという自覚からスタートせねば、と思う。

〈2018年6月〉

言の葉の森林浴をするように弾んで歩く図書館は森

都城の新図書館

図書館に行って、こんなにテンションが上がったのは初めてだ。4月にオープンした都城《みやこのじょう》市立図書館。大丸デパートのショッピングモールだった建物をリノベーションしたという。中央ホールは明るい吹き抜け。その丸い天井からは自然光が降り注ぐ。木をふんだんに使った内装に、おしゃれな家具たち。週末ということもあり、館内に設けられた500

の座席は満席だった。びっくりするほど若い人たちが多く、ほどよいざわめきが、親しみ深い雰囲気を醸し出している。

ウキウキとウインドーショッピングするように館内を巡れば、至るところに本への扉が準備されている。まず1階には、地元のお祭り六月灯に関するものが展示され、関連図書が。国際交流エリアには、都城市の友好都市にまつわる本に加え、海外旅行や多文化にまつわる書籍がズラリ。プレススタジオでは、自分が調べたことやまとめたことを小冊子にすることもできる。「知るだけでなく表現すること」をサポートする図書館なのだ。考えてみると、自分が調べものをする動機というのは、単に知りたいというよりも、その次を見据えていることが多い。たとえば牧水について調べるのは、牧水を通して自分が表現したいから。つまり、何かを表現したい人には、本は必ず必要なもの。「表現の栄養としての本」という発想がいいなあと思う。

2階には10代専用のティーンズスタジオ。ここにはミシンやシルクスクリーンの設備がある。もし自分でTシャツのデザインをしようと思ったら、絶対何かの本を手に取るよね。近くには芸術や服飾関連の本が置かれていた。この10代の部屋へは、地域や郷土の本をチラ見しないと行けない動線になっている。他にも、おべんとうコーナーや、子どもたちのコーナー、マガジンウォール（この言葉がぴったりのカッコよさ）などなど。空間は「静かな部屋」「おだやかな席」「リビングのような席」とグラデーションされていて、ここに居場所のない人はいないだろうと思われる。

自動貸出機（便利なだけでなく、病気についての調べものなど人に知られたくないものも気軽にできる）で借りられたり、本の除菌装置があったり、映像作品を試写できるプレビュースタジオがあったり、カフェが併設されていたり。

春に都城に引っ越した友人は「ほぼ毎日行っている」とのこと。市民の居場所としての図書館、最高だ。

〈2018年7月〉

平面とぬいぐるみとの差はなくて絵本のくまに子は話しおり

子どもと絵本

本物のよるくまちゃんに会った。「よるくまちゃん…！」と思わずつぶやきながら近づいた。９月２日まで、みやざきアートセンターで開催中の「ＭＯＥ 40th Anniversary ５人展」会場でのこと。絵本やアートを扱う雑誌「ＭＯＥ」の40周年を記念した展覧会で、５人の絵本作家の原画を、約２００点という規模で楽しむことができる。

バムとケロの島田ゆか、細密な猫の絵で知られるヒグチユウコ、そらまめくんを始めとする野菜たちが愛らしいなかやみわ、彗星《すいせい》のごとく現れ今や大人気のヨシタケシンスケ、そして酒井駒子。五人五様の作品世界に、たっぷり浸るひとときだった。

額装された原画には、文字は載っていない。一枚一枚に向き合っていると、絵本とは画集でもあるのだなあと改めて思う。詳しい展示内容は知らなかったので、酒井駒子『よるくま　クリスマスのまえのよる』の原画を見つけた時は嬉《うれ》しかった。やはり繰り返し手にとった絵本の原画というのは、なんとも言えない感慨が湧く。よるくまのつぶらな瞳と、ぴたっと目が合った。初めまして、のような、お久しぶり、のような、くすぐったい気分だ。

実は今年、酒井駒子さんにはお世話になった。若山牧水賞を受賞した歌集『プーさんの鼻』が新装版で出ることになり、装画を描いていただいたのだ。そのあとがきにも書いたのだが、『よるくま』は息子が幼いころの寝る前の定番の絵本だった。夜、お母さんがいないことに気づいたよるくまちゃんが、あちこち探しに行く。息子はストーリーを知っているものだから、絵本のよるくまちゃんに向かって「そこには、いないよ！」「あのね、おかあさんは釣りに行ってるだけだから」「だいじょうぶ、もうすぐあえるよ」と小まめに話しかける。不安を解消させてやりたいという気持ちからだろうが、私のほうはまことに読みにくかった。そして最後はいつも「ね、たくみん（息子の愛称）の言ったとおりでしょ」とドヤ顔をするのだった。

会場には、小さな子どもの姿も多く、見やすいように台が置かれていたりして温かい雰囲気だ。絵本と原画を交互に指さして「いっしょ！」と嬉しそうに叫んでいる子もいる。

子どもと絵本を楽しむ時間というのは、期間限定の幸せだったなあと思いつつ、会場を後にした。

〈2018年8月〉

エピローグ書きはじめれば牧水と我との恋も終われるごとし

恋の短歌

拙著『牧水の恋』の出版を記念して「恋の歌」を宮崎日日新聞で募集したところ、752首もの作品が寄せられた。この催しを通して、目には見えない752の心が、言葉というカタチになった。短歌にすることで、思いは永遠にパッケージされる。牧水が短歌にしておいてくれたから、今の私たちは、牧水の心に触れることができる。

表彰式当日に知ったのだが、学生の部の優秀賞・屋谷明唯さんは、今夏の高校野球甲子園大会のキャッチフレーズ「本気の夏、100回目。」の作者だった。「さすが、見る目ありますね」と言われて、いい気になりかけたが、もちろん私がすごいのではない。ちなみに、このキャッチフレーズが優れているのは「今年が特別なのではなく、本気の夏は繰り返されてきた」ことを伝えているところだと思う。

以下、表彰式や紙面で触れられることの少なかった佳作作品から、いくつかピックアップして読んでみよう。

久方の逢瀬に友を誘う君三人連れの飫肥《おび》の街並　石川千代子

てっきり二人だけのデートだと思っていたら、彼は友人を連れてきた。まことに陰影のあるシチュエーションだ。作者によると、若き日の苦い思い出の一コマとのこと。でもすんなり二人きりの楽しい一日だったら、今ごろ短歌にはならなかったかもしれない。心のモヤモヤが、年月を経て昇華した。マイナスの感情も、短歌になればプラスへと転じる、そんな好例だ。

振られてもいいかななんて思ったら開いたじゃないの、テキーラの瓶　　高塚美衣

振られたくないという気持ちが、妙なぎこちなさをもたらしてしまうことは多い。もういいや、という開き直りが、意外と事態を好転させてくれる場合がある。開けにくいテキーラの瓶が開くように、恋もうまくいくかもしれない。下の句の、恋からテキーラへの展開と重ね合わせが、とても鮮やかだ。

女人恋う老いの純情青くさしあの世でしつかり大人になろう　　鶴田繁

御年90歳の作者。この世に生きているかぎり、ときめいてジタバタしようではないか。分別くさい大人になるのは、あの世にいってからでいい。

〈2018年9月〉

希林さんのための空席劇場にありて隣は永瀬正敏

なら国際映画祭

俳優の永瀬正敏さんに、初めてお目にかかった。先月、5日間にわたり奈良で開催された「なら国際映画祭」。部門は違うが、永瀬さんも私もコンペの審査員として参加した。河瀬直美監督がエグゼクティブディレクターを務めるこの映画祭は、今年で10年目を迎える。永瀬さんは、近年の河瀬作品の常連だ。「あん」「光」「ヴィジョン」……三つとも映画館で見て感激していた私は、ナマ永瀬さんに会えるということで、ミーハー心を抱きながら奈良へ向かった。

初日、レッドカーペットという一大イベントの合間に「永瀬さん、都城のご出身ですよね。私、今宮崎に住んでるんです!」と、ご当地ネタで話しかけると、「ですってね。河瀬監督から聞きましたよ」と気さくなお返事。しかし、周辺の共通言語は英語になっていて(私はカタコト、永瀬さんはペラペラ)気後れしまくった結果、そのままフェードアウト。記念写真などの合間に『光』が特に好きです。映画を観て、あんなに言葉を感じる経験はありませんでした」と伝えるのが精いっぱいだった。その直前、斎藤工さんに、これまたミーハー心を炸裂《さくれつ》させて写真を撮ってもらっているところを、しっかり見られてしまったので、若干恥ずかしくもあった。

最終日、コンペ入賞作品を発表した時の、永瀬さんのスピーチが心に残っている。受賞作品を称賛しつつ、彼は「それ以外」の作品をも大切にしていた。「コンペに選ばれたこと自体が、すでにあなたが何者かとして一歩を踏み出したということなんです」。しめくくりには「僕も俳優として映画に関わっていいます。いつか使ってください」。男前！　言うことも男前！　会場の人たちは、すっかり彼に魅了されていた。

その日の夜、関係者のパーティーの最後の最後で、永瀬さんのお母さまが、映画祭初日の夜に亡くなったことが知らされた。急きょ、宮崎へ向かい、また奈良へ戻り、観られなかった作品は夜を徹してホテルで鑑賞されたと聞く。もし「無理です」と離脱しても、誰も咎《とが》めなかっただろう。自分が同じ立場だったら、奈良へ戻っただろうか。永瀬さんの映画愛と精神力と責任感には、頭が下がるばかりだ。

期間中、入江泰吉記念奈良市写真美術館で、永瀬さんの写真展を見ることができた。私は写真家の彼氏がいたくらいだから（どうでもいい情報）写真にはうるさい女である。素晴らしかった。

〈2018年10月〉

牧水のふるさとなれば空港に置かれて嬉し『牧水の恋』

空港の書店

友人が宮崎空港を利用した際、書店さんで私の新刊『牧水の恋』が「目立つところに平積みされてたよ！」と教えてくれた。ちょうど翌日、出張があったので覗《のぞ》いてみると、ほんとうに一番いいところにバーンと置かれている。

嬉《うれ》しさのあまり「すみません、この本を書いた者ですが、サインしてもいいですか?」と店員さんに話しかけてしまった。客観的に見て、かなり怪しい人である。こういう場合は、保険証とか見せたほうがいいのだろうか……などと考えていると、上の人に了解をとってくれて「どうぞ」ということになった。

あまり知られていないことかもしれないが、著者のサインというのは、書店さんにとっては良し悪しだ。基本、売れ残った本は出版社へ返品される仕組みだが、サインが入ってしまうと返品できなくなる。なので「もし売れ残ったら、私が買いにきますから、安心してください」とエクスキューズしながらサインをした。

しばらくすると、先ほど了承してくれた「上の人」が現れ「私物ですが、これにもご署名を」と『牧水の恋』を差し出されるではないか。思いがけないことに、喜びもひとしおだった。

次の出張のとき、心配になってそっと見に行くと、数冊は売れた模様。さらに驚いたのは、私の似顔絵のポップが立っていて「超貴重! 俵万智さん直筆サイン入り」と、めっちゃアピールしてくださっている。しかも似顔絵は、三割増しに可愛らしく描かれている。なんちゅう心遣い！

さらに次の次の出張のときにも、様子を伺いにいくと、サイン本は無事に売れたようで、新たに10冊が入荷されていた。前回とは違う店員さんだったので、再び怪しさ全開で「あのーサインしてもいいでしょうか」と尋ねる私。また快くオッケーが出て、10冊全部にサインしたのだった。

空港の書店さんというのは、その土地土地の独特の品ぞろえがしてあって、眺めるだけでも楽しい。那覇空港で沖縄方言の本を買ったり、福岡空港で糸島を紹介する本を買ったりしたことを思い出す。宮崎空港にも、宮崎のパン屋さんやカフェの本が並んでいた。出発前のひととき、旅のお供を探すのもおすすめだ。今なら『牧水の恋』サイン本も置いてあるかもしれません。


〈2018年11月〉

今日中に食べねばならぬ美味あれば楽しからずや急な宴は

伊勢海老事件

先日、無償の仕事をお引き受けした（詳しくは書けないが、公共性の高いものなので、協力したいなと思って）。その帰り際、「せめて手土産を」と、大きめの発泡スチロールの箱を手渡された。

その中身は……なんと、3匹の活きた伊勢海老。とりあえず家に連れて帰ったものの、ガサゴソ動いて、めっぽう元気だ。じゃっかん、ビビる。高級食材なのはわかるが、どう扱っていいのやら。こういうときは、頼りになりそうな友人に、エマージェンシーコールをしよう。

「わははははは、ギャラが伊勢海老とはね！　わかった、仕事が終わり次第向かいます」

となれば必然的に宴会になるので、他の飲み仲間にも声をかける。思いがけず豪華な夜となりそうだ。

夕方駆けつけた友人の第一声。「万智さん、なぜ伊勢海老を冷蔵庫に?·」「いや、刺身にするとなると、これは生ものだからして、とりあえず冷蔵庫かと」「生ものの前に生きものでしょうが！　あーあ、ぐったりしてるよ」

そうなのか？　そういうものなのか？　軍手に出刃包丁で華麗にさばいていく友人の手もとを、ボーっと眺めるばかりだった。ここにチコちゃんがいたら、まちがいなく叱られることだろう。

ほどなく、伊勢海老の刺身が完成した。ほどよい甘みと、コリコリ感からのねっとり感。素晴らしい。このようなものが自宅で食べられるとは。常々、宮崎の食の豊かさを感じてはいるが、あらためて「なにかとスゴイ！　宮崎バンザイ！」という気持ちになる。

2匹ぶんを刺身にして、残る1匹はグリルで焼いてみると、これまた香ばしさが全開で、甲殻類の旨みがしっかり迫ってくる。そして、頭やハサミなど残りの部分は、もちろん味噌汁に。伊勢海老だけで、これほど濃厚なダシが出るのかと驚くできばえとなった。

この顚末《てんまつ》を東京の友人に話すと「手土産が伊勢海老っていうのもびっくりだけど、一番すごいのは、軍手と出刃包丁の友人が駆けつけるところだと思う。私なら、親しくしている小料理屋とかレストランに持ち込むかな」とのこと。

むむ、なるほど。東京はそう来るかと、これまた興味深く感じたのだった。

〈2018年12月〉

美々津海岸

ハボタンのはじめましてのたたずまい日に日になじみゆく部屋の隅

ハボタンと私

「ハボタン　洋風アレンジ」という大きな見出しと華やかな写真に目が留まった。ある新聞のくらし面、先月のことだ。

実は私は、ハボタンがあまり好きではない。小学生のころ、誕生石や誕生花などを調べるのが友人のあいだで流行《はや》ったことがある。4月生まれの女子が「誕生石はダイヤモンド、誕生花はアルストロメリアだって」

とうっとり言ったかと思えば、9月生まれの女子が負けじとばかりに「私の誕生石はサファイア、そして花はダリアよ」とのたまう。

「まっちゃんは？」と聞かれる前に、なんとか話題を変えたいと思ったものだ。私だってうっとりしたい。ドキドキしながらその手の本をめくったのだ。すると12月生まれのページには、こう記されていた。

「誕生石　トルコ石」「誕生花　葉ボタン」

地味なのにも程がある。石ってなんや……宝石ちゃうんかい！　葉ってなんや……花ちゃうんかい！　透明感のない青い石。キャベツみたいな、ずでんとした面構え。心の底から、かんべんしてくれと思った。

トルコ石のほうは、その後父が海外のお土産で買ってきてくれたネックレスが気に入って、悪くないなと感じた。「誕生石がダイヤだったら、無理だもんね」と前向きになれた。でも、葉ボタンは、イヤだった。だって花束にもなれないし、プレゼントされても嬉しくないし。

ところが、新聞記事で紹介されていたハボタンは、まことに可憐《かれん》。小ぶりで、バラのような高貴な姿のものから、フリルいっぱいの愛らしいものまで。色も、シックな紫、淡いクリーム色、純白などさまざま。花の少ない冬場に、進化したハボタンが大人気という。ブーケやリースにアレンジされたハボタンは、私の知っているものではなかった。

とはいえ、そんな最先端のハボタン、都会にしかないだろうと思っていたら、思いがけず見つけることができた。日向市東郷町の「道の駅とうごう」で、まさに進化したハボタンたちが店頭を飾っていたのだ。宮崎、やるじゃないかと嬉《うれ》しくなる。

薄黄緑のバラのようなのと、紫と緑のコントラストが美しいのと、細かいフリルが小花のように見えるのと、3種類が寄せ植えになっている鉢を買った。値段は千円と良心的。友人が来ると「素敵でしょう。私の誕生花なのよ」と自慢している。

〈2019年1月〉

集めるの好きな男子の昆虫やトミカや仮面ライダーカード

「穂村くん」

若山牧水賞の授賞式前日、穂村弘さんの『水中翼船炎上中』を読み返していて、こんな一首に目がとまった。

きらきらと自己紹介の女子たちが誕生石に不満を述べる

前回、まさに誕生石に不満を持っていた少女時代について書いたばかりだ。この短歌に登場する女子は、まぎれもなく私だ！と思う。昭和という時代の手ざわりが、まことにリアルに描き出されているということが、この一首からもわかる。

穂村さんと私は、共に1962年生まれの同級生。誕生石に不満を述べる女子を、「なんでそんなことが気になるのか」と不思議そうに見ている男子が、穂村くんだ。

昔、そんな女子がいたなあという回想形式の歌ではない。また、小学生のときに穂村くんが詠んだ歌でもない。大人になった穂村弘がタイムスリップして昭和に戻り、感性は小学生男子で、表現力は歌人穂村弘で、詠まれた歌たち。この表現スタイルの発明によって、昭和という時代が、鮮やかによみがえった。

女子が誕生石などというものに、なぜそこまでこだわるのか。そういうものだと片づけては、歌は生まれない。このまっさらで、何ものをも当たり前で済まさない視線が、穂村弘の魅力の一つだと思う。不思議がる力、といってもいい。

白鳥は哀しからずや空の青海のあをにも染まずただよふ

あまりに有名な牧水のこの歌について「愛誦性《あいしょうせい》と意外性に富む」と受賞の言葉で穂村は語っている。愛誦性はわかるけれど、この歌の、どこがどう意外なのか、と私は思った。

「だって、白い鳥が白いからって、なんで哀しいの？　そんなこと聞かれたら、鳥のほうがびっくりじゃない？」

そこまでさかのぼって、意外だと感じられるのだ。視線のプリミティブさに感銘を受ける。多くの人は、もちろん白鳥自身が哀しいわけではないと知りつつ、「それは牧水自身が哀しいから、その心を投影しているのである」というところから鑑賞を始めてしまう。よく知られた作品というのは、もう解釈の余地はないと思われがちだ。が、この歌でさえ新たなスポットを当てることができる。エッセイや講演で示された穂村弘による「牧水の魅力」は、まっさらな目で、もう一度牧水を読み直したいと思わせてくれた。

〈２０１９年２月〉

一本の大根がここに来るまでの瑞々しくてまっすぐな道

梨大根

体重3・4キロ、身長51センチ。息子が生まれたときの記録には、こうある。今、目の前に置かれているのは、体重3・2キロ、身長48センチの赤ん坊……ではなく、立派な大根だ。初めて息子を抱きあげたときのような愛おしさを感じるのは、この大根が持つストーリーを知ったからだろう。

友人に勧められて「宮崎ひなた食べる通信」というのに申し込んだ。生産者さんを特集した冊子とともに、その食べものの現物が届くという

「食べもの付き定期購読誌」だ。宮崎の豊かな食に魅せられ、これまでにも、アボカドや佐土原ナスなど、これは！と思った生産者さんには会いに行ってきた。そんな私が、頼まない手はない。

第一回に届いたのが美々津町の「梨大根」。農薬や化学肥料を使わずに、こだわりぬいて育てた大根である。

通信によると、生産者の黒木栄次さんは、それを手間暇かけて千切り大根にしていた。だが2018年、新燃岳が噴火し「千切り大根にも火山灰が降った」という風評被害が出てしまう。仕方なく生の大根のままで出荷したところ、「この大根を煮たら、もう他のは使えない」と、料理人がまとめ買いしていったという。地元の子どもたちに畑を開放し、収穫の体験もしてもらった。その時の「梨の味がする！」という歓声が、梨大根の命名のきっかけだ。

まずは生のまま食べてみる。シャクシャクシャク……甘みと瑞々《みずみず》しさが口いっぱいに広がって、まさに梨。これ、主食にしてもいい！とさえ思った。次に、塩を少々。はい、素晴らしいつまみになります。バターをのせてみたり、生ハムをはさんでみたり、もう何をしても美味。

調子にのった私は、さらにオリーブオイルで炒めてみた。もったいないようにも思うが、火を通すと甘さがマシマシ、しかも強いシャキシャキ感はそのままだ。拍子切りにして鉄の小さなフライパンで炒め、とけるチーズをかければ、そのまま食卓へ出せる。これは、白ワインに、ぴったり。黒木さんによると、スムージーや焦がし大根（煮しめたものを焼く）も絶品とか。むむ、一本では足りないではないか。

次回は、日向のハーブが届く予定。日々の暮らしに、楽しみが増えた。

〈2019年3月〉

ひとひらの雲となりたし千年のかくれんぼして君を見つける

万葉集の魅力

新元号が「令和」と発表されるや、世にはちょっとした万葉集ブームが起きているらしい。大伴旅人の邸宅で、梅を題材にした和歌を詠み合った「梅花の宴」、その序文から元号がとられた。序文自体は漢文で書かれているが、宴の席で漢詩ではなく和歌を詠んだところが、当時としては新しかった。つまり中国から影響と栄養をもらいつつ、日本独自の文化を中心に置いたわけである。今回の元号が、初めて日本の古典を直接の出典としたことと、どこか重なって見える。

たまたま先月、パリと東京で『万葉集』の話をしてきたところだった。直後にこんなに注目されて、万葉ファンとしては嬉《うれ》しいかぎりだ。自分の名前の漢字を説明するとき、「万葉集のマンです」と言って分かってもらえる確率も、グンとアップしたことだろう。

短歌は、日記よりも手紙に似ている。日記だったら、書いて机の引き出しに仕舞っておけばいい。詩の形にして読んでもらうというのは、誰かに思いを届けたいから。つまり『万葉集』を読むということは、千年以上も前の人からの手紙を読むということ。すごくないですか？ それが残っていて、読めるなんて。さらに、同じ五七五七七の形で、今の人たちが詠んでいるというのもまたすごい。

海外で驚かれるのは、特にこの点だ。古い詩が残っている例はあるが、その形式が現役かというと、なかなか難しい。日本の場合、短歌は学校教育でも必須だし、何より新聞歌壇を見てもらえば、てっとりばやい。

ごく普通の一般紙に必ずあって、ごく普通の人たちが毎週のように作っているのだ。宮崎は、短歌県を目指している（はず）。これを機会に『万葉集』にも大いに親しめればと思う。

最後に、私が愛誦《あいしょう》する恋の歌を一首。

「多摩川にさらす手作りさらさらに何そこの児のここだかなしき」（多摩川に手作りの布をさらしてさらしてさらすように、さらにさらに何《な》故《ぜ》こんなにもこの子が愛しいんだろうか）。

何故だか理由がわからないのに、こんなにも惹《ひ》かれてしまう……それこそが恋だと教えてくれる。「イケメンだから」「金持ちだから」。理由がわかるうちは、ただの好きにすぎない。

思えば私たちは、「何そこの児のここだかなしき」を、手を変え品を変え千年以上ものあいだ、詠み続けてきたわけだ。その原点が『万葉集』にある。

〈2019年4月〉

「車中泊母の寝返り震度3」熊本の友の一句忘れず

地震と電話

今月10日の朝の地震、かなり揺れた。我が家で本棚が倒れたのは、熊本地震ぶりのことだったので、あれ以来の大きな揺れなのだと実感した。片づけなくてはならないし、余震も心配だったので、その日の午前中に予約していたヨガの体験はキャンセルすることにした（せっかく一念発起したのに…その顚末《てんまつ》は長くなるので、いずれまた）。

宮崎のスタジオに電話をしたが、つながらない。しかたなく東京の本部へ連絡を入れてみた。本来ならドタキャンはできないシステムなので、おそるおそる事情を説明すると「……まあ！　お怪我はありませんでしたか？」と逆に気遣われて、ちょっと泣きそうに。冷静に行動しているつもりでも、心がこわばっていたのだろう。「そういうことでしたらキャンセル承ります。宮崎のほうへは、こちらから連絡しますのでご心配なく。落ち着かれたら、またあらためてご予約くださいね」と、まことに温かい。他のスタジオも体験して、比べようかと思っていたけど、もうこれだけで贔屓《ひいき》にしたくなる対応ぶりだった。

ニュースでも大きく報じられたようで、「大丈夫？」のメールやラインが続々届く。これらは簡単に返信ができるので、まことに便利だ。その中でも熊本の友人は「既読がつけば安心だから、返信は無理しないでね」と気遣ってくれていた。災害の時は、よほどのことがないかぎり電話をしないという常識は、行きわたっているようだ。

しかし、残念なことに一人だけいた。それほど親しくもないのに電話を鳴らした人が。大丈夫ですよと答えると「そういえば、この前テレビで見たけど全然変わらないね！　その時すぐに電話したかったんだけど」と、まるで地震がいい口実になったと言わんばかり。本来は温厚な私も、さすがにムッとして「電話回線混むといけないし、停電にでもなったら、スマホの充電が心配なんで」と、そそくさと切った。この不愛想な切り方で気づいてほしい、と思いながら。

いっぽう、普段から電話か手紙のやりとりだけで、メールはしていない神戸の紳士がいるのだが、彼からは電報が届いた。状況が判然としない中で大変心配していること、人々の無事と、大きな被害がないことを祈っていること…。阪神淡路大震災を乗り越えてきた人ならではの気遣いあふれる文面に、胸が熱くなった。彼もまた、電話はしないという原則を守りたかったのだろう。

〈2019年5月〉

東京に「くろぎ」という名の店ありてシェフは果たして宮崎のひと

宮崎の名字

何かのクイズで「日本に多い名字のトップテンが、県の上位三つに一つも入っていない県が二つだけあります。さて、その県とは？」という問題が出されていた。正解を知ると、まことに腑《ふ》に落ちる。日本の名字トップテンとは、数の多い順に「佐藤、鈴木、高橋、田中、伊藤、渡辺、山本、中村、小林、加藤」である（「名字由来ｎｅｔ」より）。

勘のいい宮崎県民のかたは、もうお気づきだろう。そう、栄えある独自性の高い県の一つは宮崎県だ。では、もう一つは？

ちなみに我が息子に、このクイズを出してみたら、みごと正解した。「ははーん、わかった……宮崎県と沖縄県！」。これは知識というより実感だろう。宮崎に住んで4年目、そしてその前は沖縄に5年いた。ただし、宮崎と沖縄だけだったら、この特異性には気づけなかったかもしれない。その前に仙台や東京にも住んでいたからこそ「ん？　なんだか聞きなれない名字が多いなあ」と思えたのだろう。

宮崎県の上位三つは「黒木さん、甲斐さん、河野さん」。4位の日高さんや6位の長友さんも、他県ではあまり出会わない。19位に岩切さん、23位に川越さんが入っているのも宮崎らしい。椎葉さんは県全体では58位だが、先日の椎葉村の村議会議員選挙の記事を見ていたら、立候補者の半分以上が椎葉さんで驚いた。

4位の日高さんで思い出すのは、昨年出版した『牧水の恋』での編集者とのやりとりだ。中に、牧水に関係する人物として2人の日高さんが登場する。淡い思慕を抱いた日高秀子と、文学仲間の日高園助だ。目ざとく見つけた編集者が「この珍しい名前のお2人は、もしや兄妹、あるいは親戚なのでは?」と興奮して言ってきた。あらためて確認したが、そういうことはなさそうだ。もしこれが、佐藤さんや鈴木さんなら、出てこない発想だろう。

しかし、ここは宮崎。「心の花」の宮崎歌会にも日高さんは在籍しているし、息子の部活にも日高先輩がいる。大好きな漫画『かくかくしかじか』(作者の東村アキコさんは宮崎出身)に出てくる忘れがたい先生も「日高先生」だった。

そんな環境のなか、牧水の周りに複数の日高姓を見たときに、なんとも思わなかった自分。思えば、だいぶ宮崎県民度が高くなっているのかもしれない。

〈2019年6月〉

自己責任、非正規雇用、生産性　寅さんだったら何て言うかな

寅さんとのご縁

「男はつらいよ」の新作が今年上映される。その関連で、寅さんの言葉についてインタビューを受けることになり、久しぶりに幾つかの作品を見返した。なぜ私が？　と訝《いぶか》しく思ったかたもいるだろう。実は浅からぬご縁がある。

「男はつらいよ」の第40作は、その名も「寅次郎サラダ記念日」。かね

てより「寅を大学に行かせてみたい」「短歌を映画の画面に登場させたい」と考えておられた山田洋次監督が、私の歌集『サラダ記念日』を手にとって、ひらめいたという。マドンナの姪《めい》っこが早稲田の学生で、短歌を作っているという設定だ。

私の初めての寅さん体験は、高校生の時のデート。ボーイフレンドから映画に誘われて、ウキウキ出かけた。洋画の恋愛モノかと思いきや、彼の用意したチケットは「男はつらいよ」。若干戸惑いながらも、大いに笑い、寅さんの失恋にしんみりし、とてもいい時間を共通できた。その話を山田監督にしたら、たいそう喜んでくださり「彼はセンスがいい。洋画の二枚目の後より、寅の後のほうが、自分も男前に見えるはず」と笑っておられた。

寅さんはよく「貧しい者どうし助け合おう」といったことを言う。とらや（実家の団子屋）の人たちは、まさにそれを実践している。たとえば第17作で、宇野重吉扮《ふん》する日本画家が、とらやを宿と間違えて滞在する場面。あまりの横柄さに驚きながらも、貧しいおじいさんだと思って、みなでもてなす。

「寅次郎サラダ記念日」では、とらやで働く三平が初登場。彼の雇用保険について、寅さんの妹さくらが頭を悩ませる。その結果、少々高くても彼のためになる保険を選ぶ。

先日インタビューしてくれたのが、三平役の北山雅康さんだった。「あの保険の場面覚えていますか?」と私が聞くと「もちろんです。2回に分けて描かれてますよね」「そうそう。今だったら三平さん、絶対バイトか非正規雇用だと思う」と盛り上がった。

風のむくまま気の向くまま、旅暮らしの寅さん。作品を見返しながら、彼のような人が生き生きとしていられる社会の寛容さ、その豊かさを思った。今の時代は寅さんには、生きにくいだろうなあとも。

ちなみに宮崎が舞台となっているのは第45作。堀川運河や鬼の洗濯板、飫肥城などが美しい。都城出身の永瀬正敏さんが、流ちょうな宮崎弁を披露されている。寅さんが飲んでいるのは、もちろん焼酎だ。

〈2019年7月〉

おいしさと楽しさそして優しさの宮崎ブーゲンビリア空港

ひなたらくちんブリッジ

参議院のバリアフリー化が話題になっているが、ここ宮崎で、日本初のバリアフリーが実現していることを、ご存じだろうか。

実は、かく言う私も、つい最近知ったばかりである。インタビュアーを務めている「匠の蔵」というラジオ番組で、アートリーフOKAの岡美智子さんを取材したときのこと。岡さんの作品が空港内に飾られているということで、宮崎空港ビル株式会社・長濵保廣会長にお話を伺いに行った。

話が一段落したところで、応接室に掲げられた写真に目が留まった。ブーゲンビリアとモンステラの柄が美しいボーディングブリッジ。「これ素敵ですよね。いつもお世話になっています」と言うと、その柄の美しさゆえではなく、その機能ゆえに、今年1月、国土交通省バリアフリー化推進功労者大臣表彰を受けたとのこと。本来のインタビューからは逸《そ》れてしまうが、がぜん興味が湧いて詳しく聞いてしまった。

この搭乗者用ボーディングブリッジの何が画期的かというと、今までは不可能だった小型機に対応できるという点だ。そういえば、石垣島に住んでいたころは、よく小型機まで歩いていったものだ。太陽が照りつけるなかや、雨の日などは大変だった。まして車椅子での搭乗者となると、リフトを使うなどして苦労されていた。

「ひなたらくちんブリッジ」という愛称のこのブリッジが、宮崎空港に導入されたのが平成29年とのこと。私も移住したばかりのころは、小型機まで歩いていたことになるが、あまりその記憶がない。人間、便利や快適には、すぐに慣れてしまうものだなあと反省する。あらためて、そのありがたみを噛《か》みしめなくては。月に何度もお世話になっている。

長濵会長によると、開発は宮崎空港ビルと三菱重工交通機器エンジニアリングとで、6年の歳月をかけて完成した。今では表彰されるほど、その先駆性が認められているが、開発途上では、さまざまな不安や苦労があったそうだ。

表彰理由には、空港が積極的に取り組んできた授乳室やトイレなどのユニバーサルデザイン化も入っている。県外からの友人を出迎えた際には、まず空港を自慢しなくては、と思った。

〈2019年8月〉

海のあお通信記念のイベントに青いクジラのブラウス選ぶ

青の短歌

本連載「海のあお通信」の3周年を記念して「青」をテーマに短歌を募集したところ、1239首もの作品が寄せられた。青い海、青いシャツ、青じそ、青いサンダル、青いバス、青い色鉛筆……暮らしのなかで出会った様々な「青」に、立ちどまる時間。そして自分の心を見つめ、言葉にしてゆく時間。それは、とても潤いのあるひとときだったのではないだろうか。そういう時間が生まれることこそ、短歌を作る醍醐味《だいごみ》だ。

今回は学生部門の入選作品の中から、いくつかご紹介しよう。

「青色に変わる瞬間、いいよって肯定されるから踏み出せる　高塚美衣」

信号という語を使わずに表現したところが巧みだ。それゆえ、生きるってこういうことだなあと思わせる広がりが出た。進んでいいんだよと何かに背中を押されることで、人は一歩を踏み出せる。「肯定される／から踏み出せる」という句またがりが効いて、「から」にグッと力がこもるところも魅力だ。

「靴下の裏についてる青ぇのぐドラぇもん描《か》く君に見惚れて　阪元みなみ」

文化祭の準備だろうか。君のひたむきさを、絵の具のシミという具体的なもので表現したところが、とてもいい。同時に、靴下の裏にまで注目してしまう作者の視線の強さが伝わってくる。

「涙こらえ立つキッチンの熱湯に青菜のあおがとけだしてゆく　宮本陽香」

何かを我慢し、ぐっとこらえている自分とは、対照的な青菜。熱湯に身をゆだね、その色素を素直に出している。「あお」以降を平仮名で表記したことで、ほどけるように溶け出す感じも出せた。

「〈ソーラン〉と空に向かって振り上げる手首に巻いた青いはちまき
　清水真名」

威勢のいい初句が、空（ソラ）という音ともうまく響き合っている。大空から手首、そしてはちまきへと徐々に焦点を絞ってゆくことで、その青色が読者の目にしっかり印象づけられる一首だ。

「むかし見た青虫だけが鮮明で首をかしげる写真の私に　岡田　優」

青虫のことは覚えているが、幼い自分の姿には違和感がある。確かにその少女だったからこそ、青虫を覚えているのだが……。かなり複雑な状況と心境を、みごとにまとめていて感心させられた。

「親父作はちみつ塗った食パンが冷めてて想う青の作業着　安田　遥」

「冷めてて」がポイントだ。目の前にあるのはパンだけなのに、前後の時間や親父《おやじ》の無骨さなどが、豊かに伝わってくる。

〈2019年9月〉

特ダネやトップニュースにならねども今朝花ひらくことの喜び

新聞と文芸欄

今月16日に宮崎で開かれた第72回新聞大会にて、伊藤一彦氏と対談の機会を得た。新聞の歌壇・俳壇欄をはじめとする文芸欄の素晴らしさ、日本文化に果たす役割などについて大いに語り合う楽しいひと時だった。

海外で短歌の紹介をするとき、私はまず新聞の歌壇・俳壇欄を広げて見せる。読書新聞や図書新聞でなく、ごく普通の一般紙だ。毎週毎週一頁を使って、投稿された短歌や俳句が紹介されている。すべての新聞に、こういう欄があることを言うと、大変驚かれる。

投稿しているのは特別な人ではない。しかも、その詩型は、短歌でいえば1300年以上もの歴史がある。古くからある詩の形が、現役で現代の人々の表現手段となっていることは、思えばすごいことだ。「日本はポエムの大国ですね」ということになる。

日々の暮らしのなかのささやかな喜びや悲しみ、季節の移り変わりを感じるできごと。大ニュースや事件ではないが、日常の一コマが活字となって新聞紙上に掲載されている景色は、潤いのあるものだ。

いっぽう、大きな事件や災害が起こったとき、敏感にそれらが反映されるのも歌壇・俳壇欄の特徴だ。今回は、口蹄疫で宮崎が揺れていたころ、伊藤氏が宮日歌壇で採った短歌を何首かご紹介いただいた。

「殺されし仔牛なめつつ母牛も傍えに倒れ伏してゆくなり　田辺静代」

自分の命が尽きようとしている時にも、死んだ仔牛に愛情を注ぐ母牛。

「なめつつ」という描写が胸に迫る。何万、何十万という数で示されるのとは違う、一頭一頭の死があったことに、思いを馳《は》せずにはいられない。

「開拓の大地の下に幾万の牛豚眠る闇に声なし　山本和子」

目の前に広がる風景に、音はない。けれど作者の心の耳には、幾万の牛豚のうめき声が聞こえているのだと思う。これは、写真でも映像でも捉えられない声である。

「難産で助けし仔牛に殺処分の注射打つ若き獣医師の記事　栗田浄子」

新聞記事を読んでの一首。「難産で助けし」という部分は、記者の取材がなければ知ることができない。獣医師の辛さを掘り下げた記事があってこそ生まれた歌だ。

客観的事実の報道はもちろん重要だが、目には見えない心の部分を、短歌は形にしてくれる。市井の人々の内面の記録としての価値も、この欄は担っていることをあらためて思った。

〈2019年10月〉

日向市駅に黄色いハンカチあふれたりおかえり寅さんおかえり監督

山田会

日向《ひゅうが》市の山田会を知ったのは、とある新聞の「月刊寅さん」という企画のインタビューを受けたときだった。インタビュアーが筋金入りの寅さんファンで「宮崎ですって？　日向市に地元の有志でつくる山田会というのがあって、山田洋次監督の新作が完成するたびに上映会をしていますよ」と教えてくれた。監督も度々お見えになるという全国でも稀《まれ》なケースで、それだけ信頼が厚いということだろう。

今年も、「男はつらいよ お帰り 寅さん」の年末公開に先立って、11月16日に上映会が催された。上映会は24回目、監督の来県は17回目というから驚く。

「月刊寅さん」を読んだという山田会の和田代表と、友人を介してさっそく知り合いになった(知り合いの知り合いくらいで人とつながれるのが宮崎のいいところ)。日向市駅に到着する山田監督を歓迎するため、市民が監督の代表作にちなんだ黄色いハンカチを振り振りしてお迎えするという。そんな素敵な行事があるならと、私も仲間に入れてもらった。参加者はハンカチにひと言書き、後に集めて監督の元へ届けられるという寸法だ。私は「いつも心に寅さんを」としたためた。寅さんのような人が生き生きしていられる社会は豊かだ、というのが私の持論なのだが、寅さんのような人を、自分の心のどこかに住まわせていたい、という願いもある。

50人以上は集まっただろうか。改札に山田監督の姿が見えたところで、和田さんが「かんとく!」と声をかける。それを合図に、みんなで「おかえりなさ〜い!!」。ハンカチがいっせいに揺らぎ、菜の花が風にそよぐような光景となった。

上映会には、子どもの学校行事の関係で伺えず残念だったが、東京で試写を見ていたので感想をお伝えできたことも嬉《うれ》しかった。今回の映画は、過去の名場面をちりばめながら、寅さんの甥《おい》っ子の満男を中心にストーリーが展開する。親子ではなく、伯父《おじ》と甥というナナメの関係の大切さを思った。そしてまた、これは満男的「ラ・ラ・ランド」であり、ぐっとくるラブストーリーだ。さくら(倍賞千恵子)やイズミ(後藤久美子)やリリー(浅丘ルリ子)の若い時の映像は息を飲む美しさだが、彼女たちの「今」の深みが素晴らしい。人生の歩みを進めるっていいなと励まされる。封切られたら、今度は息子と一緒に見るつもり。今どきの高校生は、どんな感想を持つだろうか。

〈2019年11月〉

ゲシュマックのあじ豚うましふるさとの父母にも送るしゃぶしゃぶセット

川南町のゲシュマック

先月、高知で開かれたエンジン01という文化団体の催しに参加した。長年の会員ではあるのだが、子育てや地方在住のためずっとサボっていて、参加は十数年ぶりだ。重い腰をあげたのは「参加者に東村アキコさんがいる！」というミーハーな理由からだった。

以前、アメリカで子育てをしている従妹《いとこ》からSOSのメールが来て「育児が辛すぎる…東村アキコ先生の『ママはテンパリスト』っていう漫画が超面白いらしいから送って」と頼まれたことがある。さっそく購入し、荷造りする前にパラパラめくりだしたら止まらず、泣けるほど笑った。従妹もこれを心の支えに、元気を出してくれた。その後、宮崎に移住して、近所のカフェで『かくかくしかじか』を読み、いっそうファンになった。宮崎出身の東村さんの自伝的な作品だ。

催しは同時多発的に行われ、私もワークショップやシンポジウムに出席したのだが、そこでも新しい出会いがあった。デザイナーの梅原真さん。高知を拠点に、一次産業を盛り上げる様々なプロジェクトを成功させてきた人だ。ご一緒することになって、ちょっと調べたら「え、これも梅原さん？　え、あれも？」というくらい、知らないうちに彼の仕事に接していたことを知り、驚いた。

その中の一つに、川南町のゲシュマックがある。宮崎に来て間もないころ、友人にもらったシンケンズルチェ（ハムのゼリー寄せ）が抜群で、虜《とりこ》になった。あじ豚という豚肉が美味《おい》しくて、ソーセージやベーコンもしょっちゅう買っている。パッケージデザインがおしゃれなので贈り物にするのもいい。

超売れっ子の梅原さんは、新しい仕事はずっと断ってきたのに「あじ豚」のしゃぶしゃぶに「顎が外れ」たのと、安全でおいしい豚を大切に育てる姿勢に共感し、ロゴを始めとするデザイン全般を引き受けられたとのこと。「ゲシュマック大好きです。あの素敵なデザイン、梅原さんだったとは！」「いいものを作っている人がいると、応援したくなるんだよね」。初対面なのに、私はすっかりなついて、講師打ち上げまでの半端な数時間、控室を梅原さんと抜け出して「0次会」の杯をあげた。

打ち上げ（と二次会）では、しっかり東村さんに、長年の思いを伝えることもできた。大満足である。

思えば、東村さんとも梅原さんとも、宮崎に住んでいるということで、話題が広がり、楽しい時間を過ごすことができたのだ。宮崎に感謝しつつ帰路についた。

〈2019年12月〉

青島海岸

日向夏ポスト

高千穂天安河原

宮崎神宮大祭（神武さま）

高千穂峡

サンメッセ日南のモアイ像

日向市東郷町坪谷 牧水生家

経済の始まりという交換の愛はいつでも不等価交換

神話と現代

今月11日、シーガイアコンベンションセンターで中西進先生の講演を聴いた。「国文祭・芸文祭みやざき2020」のプレイベントだ。タイトルの「神話の国と現代」が示すように、現代から神話をどう読むかという視点が、まことに示唆深いお話だった。

たまたま昨年の秋、富山で先生と鼎談《ていだん》に臨む機会があり「宮崎でのご

講演、楽しみにしています」とお伝えしていた。すると講演の冒頭、い
きなり「俵万智さん、どこにいる?」と壇上から呼びかけられ、びっくり。
思わず手を上げ、ぴょこんと立ち上がってしまった。後で「あれにエネ
ルギーをもらいましたよ」と、先生はにっこり。むちゃくちゃ偉い人な
のに、気さくな一面をお持ちなのである。
一緒に聴いた友人も「神話っていうと、単純にストーリーを追いかけたり、神様の系図を覚えたり……みたいな接し方ばかりで、今ひとつ面白さがわからなかったけど、こんな読み方があるのね！ 本当に新鮮だった」と興奮しきりである。

たとえば海幸彦・山幸彦の話は「生活の中の交換」がキーワード。ただの兄弟げんかの話ではない。なぜ、互いの道具を交換したか。そこには新しい手段で生産を増やそうという動機が見てとれる。まったく同じものなら、人は交換しない。違うもので、価値が同じと思うなら交換してみようとなる。そういったモノの動きが、新しい何かを生みだす可能性をもたらす。

話は「さるかに合戦」に広がった。これも、おむすびと柿の種を交換する話だ。一見価値が大きいように思えるおむすびは、消費してしまうとゼロになる。すぐには食べられない種だが、育てれば価値を生む。交換は、交換して終わりではなく、その結果に深くコミットするのだ。

さらにはマルセル・モースの「贈与論」が登場。価値の不均衡な交換が、すなわち贈与だ。インドの大学で中西先生がお土産の栞《しおり》を教授たちの机に配っておいたら「こういうことをするのは日本人だ。ナカニシだろう」と見抜かれたエピソードなども交え（日本には独特の贈答文化がある）縦横無尽な神話講義に、酔いしれる時間となった。

生活の中の交換。おすそ分けをいただいたり、それにお返ししたり。思えば宮崎に住むようになって、そういう場面が増えた。これも、神話の国らしさの一つかも⁉と思いつつ帰路についた。

〈2020年1月〉

牧水と縁《えにし》深める二人いて黒岩剛仁、松村由利子

牧水賞の二人

今年の若山牧水賞は、黒岩剛仁さんと松村由利子さんが受賞された。お二人と深いご縁がある者として、ことのほか嬉しい。作品についてはは別のところで詳しく書いたので（『野球小僧』は受賞パンフレットに、『光のアラベスク』は私のツイッターから飛べるサイトに）、今回はそのご縁について記したい。

黒岩さんは、歌誌「心の花」の先輩だ。私が入会したての頃から、若手歌人の兄貴分。面倒見のよい人だった。電通のコピーライターという花型職業に就きながら、「心の花」では編集実務のまとめ役で、縁の下の力持ちを長年貫いてこられた。

S極とN極はかく引き合いて酒の夜更けの剛仁と亜紀

短歌を作り始めた頃の拙作だから、もう30年以上前のものになる。亜紀は、黒岩さんと同世代の歌人、谷岡亜紀さん（男性）だ。黒岩さんは、今風の超エリートサラリーマン。谷岡さんは、無頼を気取る古風な文学青年。まったく正反対の性質に見える二人が、短歌を通して友情を育んでいる様に打たれて詠んだ。固有名詞が特殊すぎるので歌集には入れていないが、自分の青春時代の大切な一首だ。この二人にけしかけられて角川短歌賞に応募したことが、私の歌歴の第一歩となった。ちなみに剛仁はペンネームで、論語の「子曰く、剛毅木訥は仁に近し」に由来している。

いっぽう由利子さんとは、彼女の新聞記者時代からのつきあいだから、こちらも長い。東日本大震災の時に、仙台に住んでいた息子と私は、いったん東北を離れることにした。紆余《うよ》曲折を経て、我々親子がたどり着いたのは、石垣島の由利子さんの住まいだった。

海の見える2階の部屋に居候させてもらっているうちに、すっかり石垣島が気に入ってしまい、そのまま5年、島暮らしをした。その日常は、由利子さんなしでは成り立たなかった。たとえば車の運転ができない私に代わり、毎朝息子を小学校まで送ってくれたのも彼女だ（書いていて、そのずうずうしさに自分でも驚く）。

2階に転がり込んでまもなく、歌集『大女伝説』で葛原妙子賞受賞の電話を受けた由利子さんが「万智さんは、幸運を一緒に連れてきてくださるわね」と微笑《ほほえ》んでくれた時の神々しさ。その次の受賞である牧水賞を、宮崎県民としてお祝いする奇縁を思わずにいられない。

〈2020年2月〉

国文祭・芸文祭のアンバサダー名刺を渡す「楽しみましょう」

国文祭・芸文祭

今年の秋に開かれる「国文祭・芸文祭みやざき2020」の広報アンバサダーに就任した。毎年、各都道府県の持ち回りで開催される「文化の国体」とも呼ばれる一大イベントだ。1年に1回ということは、県にしてみれば47年に1度の巡り合わせということになる。この、なかなかない機会に宮崎にいて、さまざまな文化イベントを味わえることは、まことにラッキーである。

県内各地で約150もの催しが予定されているが、柱の一つは若山牧水。目玉とも言えるのは「牧水短歌オペラ」（台本・伊藤一彦／作曲・仙道作三）である。2年前の日向市での初演、そして東京公演にも私は足を運んだが、素晴らしい作品だった。短歌がプロのオペラ歌手によって歌われることの迫力。そして牧水のドラマチックな人生が、胸に迫る。今秋上演されるのは、第3幕を書き加えての完全版で、音楽面や演出面でもさらなる工夫やサプライズがある模様（サプライズについては伊藤一彦先生に探りを入れてみたが、4月の県からの正式発表を待ってほしいとのことだった。わくわく）。

また「短歌甲子園の交流戦」にも期待が高まる。現在、高校生の短歌甲子園は全国3カ所で開催されている。日向市の牧水・短歌甲子園、盛岡市の短歌甲子園、高岡市の高校生万葉短歌バトルだ。それぞれの優勝校を招待しての企画は初の試みで、さすが国の絡む行事となると、できることのスケールが大きい。

牧水・短歌甲子園は第10回を迎える。長年積み上げてきた大会を、さらに育てる形での支援が嬉《うれ》しい。そう、国文祭・芸文祭は、今年限りの単発の打ち上げ花火ではなく、これまでの宮崎の文化的なものを大事に受け継ぎ、これからの宮崎を盛り上げていくものなのだ。

特に、未来の文化の担い手となる子どもたちに、たくさん楽しみを味わう場面があるといいなと思う。「自分が○歳のとき、ふるさと宮崎でこんな大々的なイベントがあった!」と記憶に残るような何か。

サイトを覗《のぞ》いてみると、音楽を聴いたり、舞台を観《み》たり、あるいは舞台に立ったり、こども記者が取材をして記事を書いたりと、さまざまなメニューが用意されている。詩や曲や短歌やアート作品の募集も、たくさんある。ぜひ、この機会に、受け身ではなく、自分たちが主役になるつもりで挑戦してほしい。

〈2020年3月〉

長すぎる春休み子に訪れて竹原ピストル久々に聴く

外出自粛

今月、以前住んでいた石垣島で新型コロナウイルスによるクラスター発生のおそれというニュースに接した。島には、重症者のためのベッドが3床しかない。

「関係する店舗に出入りした人、また関係者と接触した人、本当にお願いですから2週間は家から出ずに自粛してください。って言うかここからは本気で自粛してくれ!!自分と島の人の命を守れ!!」

3人目の感染者が確認された時の、石垣市長のツイートである。「って言うか」以降の心の叫びが迫ってくる。島でレストランを営む友人は店を休業した。学校は休校になり、人々は外出自粛につとめている。

そんななか、スキューバダイビングのインストラクターをしている友人のツイートに目が留まった(私も自粛生活なので、ついついツイッターを見てしまう)。

「2週間の外出自粛は、台風が4つと思えば持ちこたえられる。窓は開けられるし、洗濯物が干せる。停電もしていないよ!」

確かに! と思った。石垣島の場合、ひとたび台風が来ると、好むと好まざるとに関わらず、自動的に外出は不可能になる。ある意味、日本でもっとも外出自粛に慣れた地域と言えるだろう。それが、年に数回はある。

しかも、風雨の激しさは尋常ではなく、彼女が書いているように窓を開けることさえかなわない。停電のおそれは常にあって、エアコンや冷蔵庫が止まってしまうと、ほんとうに大変だ。テレビも見られない、ネットにもつながらない。

それに比べれば！　という発想である。台風4つという単位に、実感がこもっていて面白い。南の島のポジティブシンキング、見習いたいものだ。

リツイートという形で紹介したかったのだが、彼女のアカウントは友人しか見られないいわゆる鍵アカウント。そこで言葉を引用する形でツイートしたところ、11万以上の「いいね」がついた。

多くの人が共感を寄せてくれたことは、自分自身のふさぎがちな気分をも、明るくしてくれた。たとえば窓を開けたり、洗濯物が干せたりという当たり前の幸せに、目を向けることを忘れないでいたいなと思う。

宮崎も、がんばりましょう！

〈2020年4月〉

トランプの絵札のように集まって我ら画面に密を楽しむ

オンラインの歌会

初めてビデオ通信アプリ「Ｚｏｏｍ（ズーム）」を使って、オンラインの歌会に参加した。コロナの影響で、一堂に会することが難しくなったためだ。『ホスト万葉集』という歌集を編むべく、一昨年から定期的に、歌舞伎町のホストのみなさんと歌会を催している。機械オンチの私だが、休校でステイホーム中の息子に教えてもらい、意外なほどスムーズに扱えた。

次々とタブレットの画面に並ぶ懐かしい顔。普段は東京で開かれている歌会なので、私は皆勤賞というわけにはいかなかった。が、オンラインなら、どこに住んでいても大丈夫。今回は台湾からの参加者もいた。

まとめ役の人に短歌を送り、画面に出された歌を読み、投票し、評し合う。手順としては、いつも通りだ。やや不思議な感じはするものの、短歌について語り合う充実という点では、遜色ない。出かける準備もいらないし、身なりだって、なんなら上半身さえちゃんとしていればよし。気楽さも、魅力である。

その後、4月に公開予定だった『アボカドの固さ』という映画（これもコロナのせいで延期に）をネット上の「仮設の映画館」で公開するという連絡をもらった。当初私は、東京でのアフタートークに出演予定だったのだが、これをZｏｏｍでやろうという。ネット上で映画を観《み》た人に向けて、リアルタイムでアフタートークもお届けするという試みだ。監督や主演俳優と語り合えるのを、今から楽しみにしている。

思えばコロナの嫌なところの一つは、人と人との語らいができなくなったり、アートに触れられなくなったりするということだ。ここが、他の災害との大きな違いだろう。友人や隣人と直接励まし合うことや、生の音楽、美術、演劇などに触れて元気をもらうこと。それをさせないぞというコロナと、ネットという文明の利器を手にした私たちが、戦っている。もちろんこちらは、負けないぞ、と思う。つながっているのは結局、人の心と心なのだから。

わざわざ東京に行かなくても、可能なことは意外と多い。それがわかってきたのは収穫だとも思う。アフターコロナの地方のあり方は、この経験をプラスに生かしたいものだ。

〈2020年5月〉

マスク二枚配られるという宵闇の四月一日のニュース速報

コロナと言葉

今月12日、ようやく我が家にも、いわゆるアベノマスクが届いた。横浜の親戚宅には5月の下旬、大阪の弟のところには6月のはじめの到着だったそうだ（緊急性の高いところから配るという触れこみを思うと、宮崎の緊急性は低いということになる）。

コロナ禍に関連しては、続々と新しい言葉が登場した。この「アベノマスク」も「いわゆる」などとつけなくてもいいほど定着した感がある。そもそもは「アベノミクス」からの連想で、「ミクス」と「マスク」のM・S・K音の共通が、実にぴったり響き合った。

面白いのは「アベノミクス」は「アベ＋エコノミクス」で（先行例として「レーガノミクス」というのがある）、「ノ」は「economics（エコノミクス）」の「no（ノ）」である。いっぽう「アベノマスク」の「ノ」は日本語の格助詞だ。この二つの「ノ」が重なったところが、造語を更《さら》に味わい深いものにした。「アベノマスク」は「安倍のマスク」。なんだか呼び捨てで若干失礼感がありつつも、あまりにうまいこと言えてしまったので、普及定着したのだろう。海外でも「アベノマスク」と言われているらしいが、「ノ」については、どう理解されているのだろうか。

もう一つ自分が気になるのは「濃厚接触」だ。パンデミック、アウトブレイク、ピークアウト、クラスター、オーバーシュート、ソーシャルディスタンス、ロックダウン、ステイホーム、リモートワーク……やたらとカタカナ語が多いなか、なぜか言い換えられることなく健闘している。これとて、リッチコンタクトやハイリスクコンタクトなど、いくらでもカッコいいカタカナ語にできそうなものなのに。

日本語としてピッタリだから採用されている、とも思えない。むしろアベノマスクとは対照的に、実際のところと言葉とが、ずいぶん乖離《かいり》している。一緒に食事したとか、バスで隣に座っていたとか。「えっ⁉それで濃厚っていうの？」というのが、おおかたの第一印象ではないだろうか。

ここから先は想像するしかないが、逆にこの意外性が、よかったのかもしれない。この程度で「濃厚」なんだぞという警告としての効果である。いっぽう「ほのかなエロスを感じる語感がいい。接触を禁じられているご時勢だからこそね」という友人もいた。なるほど。こちらに軍配を上げるべきか。

〈2020年6月〉

手洗いを丁寧にする歌多し泡いっぱいの新聞歌壇

コロナの短歌

短歌は時代を映す鏡だ。特に新聞歌壇には、社会の状況が色濃く反映される。以前、宮崎であった新聞大会で伊藤一彦氏と対談した折も、ひとしきりその話題となった。伊藤さんは口蹄疫が発生した時は、意識して多くの歌を宮日文芸の短歌欄で採ったそうだ。

昨今の新聞歌壇は、どの新聞でも「石を投げればコロナに当たる」といった状況が続いている。私も一般紙の選者をしているが、コロナ、マスク、手洗いの歌が山ほど送られてくる。これらは時代の証として、残っていくことだろう。

いっぽう、宮日文芸を見ていると、コロナの歌にも宮崎色が出ていて興味深い。

感染に人は自宅に引き籠る天岩戸を閉ざすが如く　古川仁

ユニークな比喩である。ステイホームも、宮崎流に詠めば神話の香り。緊急事態宣言解除から2カ月あまりたち、最近は様々なことが解禁ムードだった。けれど、大人数での会食などは、まだまだ気を引き締めていかねばならない。誘われた時には、この一首を思い出そう。外でどんなに楽し気な宴会があろうと、我は天照大神となって、今しばらくは岩戸の中に籠る決意であると。

牛以外売り手買い手はマスクして子牛セリ場は観客無しに　黒木金喜

この歌も、宮崎らしい場面が印象に残った。観客無しということは、作者はセリの関係者なのだろう。初句が、とてもいい。「人間は」ではなく「牛以外」。つまり主役は牛なのだ。人間界の変化とは対照的に、子牛たちはいつも通りである。

ウイルスゆえ鶏・豚・牛と殺処分されしかの日を人間《ひと》に重ぬる　内村京子

鳥インフルエンザ、口蹄疫もウイルスによる病気だが、殺処分で奪われた命がある。今、コロナ禍で危機にさらされる人間の命を重ね合わせて考えると、どうなるだろう。これも、宮崎ならではの深い視点である。

山深く住めばコロナは別世界七夕の夜の星きらめけり　大村エミ子

作者は日之影の人。ニュースでは連日大騒ぎだが、三密などとは無縁の日々なのだろう。密とは逆の「疎」の安心感が伝わってきて、ほっとさせられる。

〈2020年7月〉

「短所」見て長所と思う「長所」見て長所と思う母というもの

一語に迷う

来月下旬に出版する歌集の校正刷りを、食卓に出しっぱなしにしていた。たまたま開いていたページを、とおりかかった息子が目にして、何やら考えこんでいる。「……ここは、短所じゃなくて長所なんじゃないの？」

彼が指を差したのは、次の一首だ。

シャーペンをくるくる回す子の右手「短所」の欄のいまだ埋まらず

「だって、あんた短所が思いつかないって困ってたじゃん。それが面白いなと思って歌にしたんだけど」

「実際はそうでもさ、短所が思いつかないって、どんなヤツだよ。普通は長所が書けなくて悩むんじゃないの?」


シャーペンをくるくる回す子の右手「長所」の欄のいまだ埋まらず

ふむ。確かに、こうすると「自分に長所なんてあるんだろうか」と悩める思春期の感じが伝わってくる。歌としては、深みがあるようにも思える。けれどいっぽうで、あまりに普通ではないかという気もする。

歌人の穂村弘さんが、「シンパシーとワンダー」ということを評論などでよく書いておられる。シンパシー(共感)とワンダー(驚き)が短歌では大事なのだと。「長所」としたほうがシンパシーは湧くだろう。でも、ワンダーはない。「短所」とすると、逆にシンパシーは減るがワンダーは大きくなる。さて、どちらを、とるか。歌集では、掲出の『短所』見て長所と思う……」の一首が、この歌の後に並んでいる。「母よ、これはじゅうぶん過ぎるほどワンダーなのでは？　だから一つ前の歌は、シンパシー重視でいいと思う」というのが息子の意見。

いやいやいや、母というものは、だいたいすべて長所に見えるもので、この歌はむしろシンパシーなのよ……と反論しつつ、普通は「短所見て長所と思い、長所見て短所と思う」くらいなのだろうかと、やや不安になる。このエッセーを書いている段階で、まだ結論は出ていない。長所にするべきか、それとも短所のままか、「　」の中はいまだ埋まらず、である。

〈2020年8月〉

「選ばれる地方」「選ばれない地方」選ばれなくても困らぬ地方

里山資本主義

高校生の息子から一冊の本を勧められた。

「お母さん、これ読んでみて！　オレのバイブル…っていうか哲学書かな？」。私から本を勧めることは多々あったが、こんなことは初めてだ。藻谷浩介著『里山資本主義』。息子は、中山間地域の活性化や地域課題に興味を持って、日頃から活動している。

素晴らしい本だった。長く東京に暮らした自分が、仙台、石垣島、宮崎と住まいを移すなかで、漠然と感じていた地方の魅力や可能性、あるべき未来像が、鮮やかに言語化されていた。お金（はもちろん大事だが）だけではない物差しを、どれだけ持てるかが、本当の豊かさなのだ。その物差しが具体的に説得力を持って描かれている。

角川新書なので、もうすぐ出る私の歌集『未来のサイズ』と同じ版元だ。担当編集者に「すごくいい本だった。いつかこの先生にお会いしたいわ」と言うと「じゃあ、対談しませんか」。トントン拍子に話が進み、リモートではあるが「武蔵野樹林」誌上でお目にかかることができた。息子は鼻血を出さんばかりに興奮し、母の株は大いに上がったのだった。

先生は歌集にも目を通してくださり、対談後にメールで「この歌に触れるのを忘れたのが残念」と地方を詠んだ掲出の一首をあげられた。「地方を私に置き換えてもいいですし、日本に置き換えても通じてしまいます。『ご自分をもっとうまく商品化しないと売れ残ってダメですよ』と押し付けてくる相手に対し、『売れなくても困りませんけど』と言い返せることが大事ではないでしょうか。商品になって棚に並ぶことに人生の目標を置くよう洗脳されている子どもたちこそ気の毒で、売れる必要もなければ、そもそも商品になる必要もないのです。売れた数や額を評価の物差しとせず、代わりのないことを物差しとするのが里山資本主義であり、そしてどの地方にも、どの個人にも、代わりはありません。」

先生の言葉を、息子が「哲学」と言ったことに、あらためて深く頷いた。哲学的に読んでもらえて、幸せな一首である。

コロナ禍で地方移住を検討する人が増えていると聞く。宮崎にも移住者がもっと増えたらいいなと思う。けれど、そのために媚びる必要はない。宮崎には、どの地方にも代えられない魅力があるのだから。

〈2020年9月〉

我のみが赤旗揚げし勝負あり君らに贈る渾身の赤

全国高校生短歌甲子園

「頂上決戦」と呼ぶにふさわしい高校生の短歌大会が、来月7日、宮崎で開かれる。現在、全国規模のチーム戦による高校生の短歌大会は三つ。石川啄木ゆかりの盛岡市で「全国高校生短歌大会」、大伴家持ゆかりの高岡市で「高校生万葉短歌バトル in 高岡」、そして牧水ゆかりの日向市で「牧水・短歌甲子園」が毎年夏に開催されている。私はこの10年、「牧水・短歌甲子園」の審査員を務めてきた。

かねてより「この三つの大会の上位校で決勝大会のようなものができたらいいね」と、「牧水・短歌甲子園」の発案者である伊藤一彦さんが口にされていた。それが「国文祭・芸文祭みやざき2020さきがけプログラム」の一環として、このたび実現することになったのだ。

各大会の優勝校3校に加え、宮崎からは今年の「牧水・短歌甲子園」上位3校、計6校が出場する。ざっと顔ぶれを確認したが、これはヤバいことになりそうである。

「全国高校生短歌大会」からやって来る八戸高校には、今年の「短歌研究新人賞」（歌壇の登竜門のひとつ）の最終選考に残った選手がいる。かと思えば「高校生万葉短歌バトル・in高岡」から来る渋谷教育学園渋谷高校のメンバーは、今年の「牧水・短歌甲子園」でも予選を勝ち残り、善戦した3人だ。あの子たち、あっちにも出場していたのか。そして、優勝して戻ってくるとは。

「牧水・短歌甲子園」優勝の高田学苑高田高校は、初出場とは思えない表現力に舌を巻いたが、どうやら他の大会では常連校の模様。もちろん迎え撃つ宮崎にも、連続出場の選手、過去の優勝経験者などがいて、つわものぞろいである。

試合としては、そうとうレベルの高いものになりそうだ。楽しみである。けれど判定をする立場としては、まことに荷が重い。今でも数年前の試合を思い出して「やっぱり、あっちのほうがよかったかな」と、ふと考えたりすることがある。スポーツと違って、数字できっぱり測れないのが文学だ。そこが魅力でもあるのだが。

コロナ対策のため、県外校とはオンラインで繋《つな》いでの試合となる。朗報は、対戦の様子が動画投稿サイト「ユーチューブ」で生配信されること(「全国高校生短歌オンライン甲子園」で検索を!)。高校野球のように地元を応援するもよし、判者になった気持ちで私と苦しみを分かち合うもよし。家にいながらにして観戦できるチャンスを、ぜひお見逃しなく。

〈2020年10月〉

日向夏くるくるむいてとぎれなく長くまあるく一人を想う

日向夏ポスト

宮崎駅構内や駅前広場が新しく整備され、アミュプラザみやざきが開業した。明るくモダンな雰囲気にウキウキする。その中で注目してほしいのが、駅前に新設された「日向夏ポスト」だ。まあるく黄色くコロンとした姿が愛らしい。

日向夏は200年前、江戸時代に宮崎で発見され、長く愛されてきた果物。黄色は、幸せを呼ぶ色とも言われている。掲出の日向夏の短歌が歌集『未来のサイズ』にあるご縁などから、ポスト脇の銘板に文章を書かせていただいた（こちらもぜひご注目ください）。

大の手紙好きなので、嬉《うれ》しいご依頼だった。私はほぼ毎日、ポストに葉書を投函《とうかん》している。

自宅周辺のいくつかのポストは、集配時刻が頭に入っていて、「12時半過ぎちゃったから、今日はあっちのポストにしよう。たしか14時ごろの集配だったはず」と散歩のコースを変更したりしている。

日々の葉書は、主に寮生活をしている息子に宛てたものだ。日常会話のかわりのような他愛《たあい》のないことをつづっている。

「毎日」と人は言うなり一日にたった一枚のハガキ書きおり

ただ、思春期の息子に、母親から毎日葉書が来るというのは、友だちなどの手前、恥ずかしかったりするかもしれない。あるとき心配になって尋ねてみた。
「もしイヤだったら、やめるから言ってね。大丈夫？」。すると返事は「全然イヤじゃないよ。これからも、お願いします」とのこと。胸をきゅーんとさせて喜んでいると、さらに続けて息子は言った。「みんなも楽しみにしてるから！」。

え？　みんな？　これは想定外だった。もちろん葉書だから、読まれて困るようなことは書いていないのだが。

「同室のY君も、ほっこりするって言ってたよ」と、屈託がない。寝食をともにする友だちは、兄弟みたいなものなのだろう。

手紙というのは、内容もさることながら、その手紙を書いている時間、あなたのことを思っていましたよということが大事な気がする。私が息子に書くのも、そういう時間を過ごしたいからだ。思った時間、切手を選ぶ時間、ポストまでの時間。いくつもの時間の消印として、手紙は存在している。

〈2020年11月〉

ぺったんと値引きのシール貼られれば「大変よくできました」と思う

「よろしいですか」

朝いちばんでスーパーに行き、久しぶりに牛肉を買った。朝いちばんは3密を避けるため、牛肉は帰省してきた息子のリクエストである。3パックをカゴに入れて、野菜売場のほうへ進もうとしたその時「お客様！」と呼び止められた。「今から2割引きのシール貼るところなんですが、よろしいですか？」とカゴの中を指さしてくださる。「おお〜ありがたや！お願いします」。牛肉の2割引きは大きい。値引きというと閉店間際のイメージがあるが、今日のぶんを並べる時に、昨日のものを値引きする仕組みのようだ。

それにしても良心的である。カゴに入れた私を見送ることだってできたはずなのに。こういうところが宮崎の温かさなのよね、と嬉《うれ》しくなる。

そして帰宅後、喜びのあまり事の顛末《てんまつ》をツイッターでつぶやいた。

「うぉー、ええ人！」「宮崎らしい話ですね」「素晴らしいホスピタリティ」「ネットスーパーではできないアナログの優しさ」「店員さんのお人柄に感動です」等々、1万近くの「いいね」とともに、多くのコメントが寄せられた。幸せな気分を分かち合えて、ほっこりする。

ところが、ここで面白い現象が起きた。店員さんの「よろしいですか」を、「(貼らなくても)よろしいですか」と捉える人が一定数出てきたのだ。そして私がお断りしたと思った人も。ツイッターは文字数が限られていることもあり、後半は次のように書いた。

『今から2割引きのシール貼るところなんですが、よろしいですか？』

よろしいですとも！いい一日の始まりだ。」

「よろしい」は状況によって「イエス、プリーズ」にもなれば「ノー、サンキュー」にもなる。リズムを考えて、自分の言葉にも「よろしい」を用いたために曖昧になってしまったようだ。というか、貼らなくてよろしいなどという選択肢、夢にも思わなかった。しかし、日本語としては、どちらともとれるのである。なるほど。

以前、日本語を学ぶ外国人が「けっこう」に意味が多すぎる！と嘆いていたのを思い出す。「けっこうです」は、いい意味にも、いいえの意味にも、大丈夫の意味にも、まあまあの意味にも使われる。

結局、前後の文脈や、話し方、表情などによって判断するしかないのだが、SNSは、短く、言葉のみで発信することが多い。その難しさを、あらためて感じるできごとでもあった。

〈2020年12月〉

白き言葉の大口玲子あたらしき歌集越しに見つむわれの自由を

歌集『自由』

宮崎在住の大口玲子さんの新しい歌集『自由』（書肆侃侃房《しょしかんかんぼう》）が出版された。冒頭近くの連作「椿の夜に」は法廷劇を見るような緊迫感だ。川内原発に絡んで、九州電力と国を相手どった裁判の原告に名を連ねる作者。

もうみんなわかつたはずの本当は「あり得ることは、起こる」といふ

こと

「お母さん声がおどおどしてゐた」と寝てゐたはずの子が指摘せり

可能性がゼロでなければ、起こることは起こる。そんなシンプルな真実を、見て見ぬふりはできない。けれど一般市民が法廷に立つことのプレッシャーは大変なものだろう。自身ではわからないほどのそれを、子によって気づかされるというのがリアルだ。子どもらしく（しかしある時は大人顔負けの）鋭い言葉を発する息子が、歌集の随所に登場する。子の感性は、親を映す鏡でありつつ、すでに親からも自由になろうとしている。

子の短歌《うた》に子のさびしさは歌はれて母として読めばさびしくなりぬ

学校には自由がないと子が言へり卵かけご飯かきまぜながら

直接言われるのではなく、短歌を通して知る子の寂しさ。すでにそのことが、親としては充分に寂しい。「自由」は、この歌集の大きなテーマであるが、子が口にする自由はまだまだ幼い。続く一首で、「学校に行かなくてもよいが勉強はすべしと思ふ　自由のために」と詠まれている。学校へ行かない自由を認めつつ、自由のないところから離れただけでは自由にはなれないことを、作者は子を通して再認識する。自分で居場所を作る力をつけることが、真の自由なのだ。

白きマスク、白きブラウスのアグネスはカメラ越しに見つむわれの自由を

アパートから連行されゆくアグネスをこの夜見送るのみか世界は

香港の民主活動家、周庭さんを詠んだ作品からは、問題を自分ごととして捉える大口さんのまっすぐさが、ひしひしと伝わってくる。そしてこれらの歌を読むとき、私たちは歌集越しに、自分自身の自由について問いかけられる。

辺野古、死刑、震災避難者等々、社会への関心は幅広い。それをスローガンではなく詩の言葉として届ける力技が、大口作品の強さであり魅力だ。正しさという価値が暴落しているようなこの時代に、「正しいか」を問い続ける。タフで真摯《しんし》なこの歌集を、ぜひ読んでほしい。

〈2021年1月〉

熱燗《あつかん》を注げば素焼きのぐい呑みの土の時代が匂う如月《きさらぎ》

吉田類さん

7年ほど前、「酒場放浪記」で大人気の吉田類さんに、霧島酒造の食事処でお会いした。当時私は、まだ石垣島に住んでいたのだが、歌人の伊藤一彦さんのお声がけで呼んでいただいた。宮崎のテレビ番組で、吉田類さん、伊藤さん、私で鼎談《ていだん》をするという企画である。

類さんは「酒場詩人」と紹介されることが多いが、もともとは絵描きで、俳句も嗜《たしな》まれる。若山牧水にも関心を持っておられて、話は大いに盛り上がった。

その後は東京での仕事をご一緒させてもらったり、本の帯を書かせてもらったり。人見知りしない私は着々となつき、かねてよりの野望であった「類さんに酒場を案内してもらう」という夢をかなえることができたのだった。そう、酒好きなら誰もが一度は妄想するであろう「リアル酒場放浪記」である。連れていってもらったのは神田神保町の「兵六」や、ゴールデン街の「ばるぼら屋」などなど（他にも何軒か行ったはずだが、飲みすぎて記憶にない。もったいないことをした）。

呑兵衛《のんべえ》の中には、お酒を飲みはじめると、ほとんど食べない人もいるが（「酒は穀類からできているので、これが主食である」というのが彼らの言いぶん）、類さんは健啖家《けんたんか》だ。めっちゃ飲んで、めっちゃ食べる。食いしん坊の私には、それも嬉《うれ》しかった。そして意外なほど、一軒の滞在時間が短い。長居は禁物とでもいうように。それは、どんな酒場でも瞬時になじめる人ならではの特権のように思われた。

ところで先ごろ、新たに仕切り直した「国文祭・芸文祭みやざき2020」のプログラムが発表された。心躍るものばかりだ。その中に、8月、日南市に類さんを招いてのイベントがある。タイトルは「だれやみ文化大学『宮崎の食の魅力、酒場での人との出会い』」。宮崎の食の魅力や文化について、どんなことが語られるのか、今から楽しみだ。「だれやみ（だれやめ）」は、私が宮崎に移住して、一番はじめに覚えた愛すべき方言である。

ちなみに「酒場放浪記」は、偶然にも今日、2月22日をもって放送、いや放浪1000回を迎える。その1000回記念の番組に、私も宮崎からリモートで参加させてもらった。よかったら今夜9時、BS－TBSでお会いしましょう。

〈2021年2月〉

旅立ってゆくのはいつも男にてカッコよすぎる背中見ている

旅の歌人

第25回若山牧水賞の授賞式が行われた。受賞者の谷岡亜紀氏は、学生時代からの短歌の先輩だ。

神奈川県からお見えの谷岡さんは、コロナのPCR検査済みとのこと。我々も検温と手指消毒、マスクはもちろん、4人は座れる長椅子に一人ずつ、しかも前後は互い違い（市松模様のよう）に着席した。知事の挨《あい》挨《さつ》や選考委員の講評などが終わるたびに、ホテルのかたが颯爽《さっそう》と現れてマイクを消毒。感染状況が落ち着いてきているとはいえ、決して油断しないぞという宮崎県の強い意志を感じる授賞式でもあった。

谷岡亜紀さんは、旅の歌人である。アジアを中心に、放浪といっていいスタイルで旅を重ね、多くの短歌を詠んできた。牧水とも通じるなと思うのは、何か目的があっての移動ではなく、旅そのもののための旅、という点だ。

いわゆる旅行をするとき、多くの人は何かを得ようとする。珍しい食べ物を食べたり、見たことのない風景を見たり、日常にはない体験を求めたり。いっぽう谷岡さんの旅は、そうではない。短歌から感じられるのは、「得る旅」ではなく「そぎ落とす旅」を、この人はしているのだなということだ。

風渡る大地の隅に初めての目覚めのごとく今朝目覚めたり

インドへの旅の一連の最後に、こんな一首がある。なんと清々《すがすが》しい目覚めだろうか。二度繰り返される「目覚め」には、噛《か》みしめるような新鮮さが溢《あふ》れている。雑事に紛れた日常では、目覚めを目覚めとも意識せずに日々は過ぎてゆく。もう一度生まれ直すようなこの朝が、谷岡流の旅の目的地なのだろう。

初めての風と呼ぶべき風にしてポストを曲がりわれに来たれる

思えばすべての風は、ただ一度きり。だからすべての風は、初めての風。けれどそういうふうに感じる心を保つのは難しい。この「初めて」を保つために、谷岡さんは旅に出るのではないかと思う。

雨の中雨のバス待つたまゆらを心は過去の街角におり

これは、心の旅の上級編。特別な名所旧跡ではなく、ある日のある街角を心に飼っている、そんな印象だ。

〈2021年3月〉

この街の住人となる我のため菜の花色のシューズを買おう

カリスマ販売員

「80歳カリスマ販売員　引退へ」。先月下旬の宮崎日日新聞に、山形屋の靴売り場で接客する女性が写真入りで紹介されていた。

一目見て「あ、私も、この人から靴を買ったことがある！」と思った。3月いっぱいで引退される畦崎《あぜざき》ヒサ子さん。その丁寧な接客が愛され、多くのファンがいるという。別の新聞にも、彼女との別れを惜しんで、売り場に大勢の顧客が訪れているという記事が出ていた。

私は、たった一度の通りすがりの買い物客だが、その日のことを、はっきり覚えている。石垣島から宮崎に引っ越して初めての冬。常夏の島では縁のなかったロングブーツを、久しぶりに履きたいなと思って、靴売り場をブラブラしていた。奥に「銀座ヨシノヤ」がある。ここの定番のスエードのロングブーツを、以前気に入って履いていたことを思い出した。でも店頭に飾られていたのは、装飾がついた踵《かかと》の高いブーツで、ちょっと趣味に合わない。

「なにかお探しですか?」。今思えば、にこやかに話しかけてくれたのが畦崎さんだ。「黒のロングブーツ……もう少しシンプルで…定番っぽいのがありましたよね」。そう言うと、即座に奥から「こちらですね」と私の思っていたブーツを出してきてくれた。ひざまずいて履かせてくれるのは、彼女のスタイルらしい。ふくらはぎなどのフィット感を確かめる手の動きが、なんというかタダモノではない。

かつては仙台のヨシノヤで購入したこと、従姉妹《いとこ》が真似《まね》して同じブーツを買ったこと、しばらく南の島にいてサンダルばかりだったこと。気がつくと、自分でもびっくりするほど楽しくおしゃべりしていた。調子に乗ってお年まで聞いてしまったし、話しているうちに「この人、商品知識が半端ないな」と感じた。

本欄を担当してくれている中川美香記者にも、当時「山形屋の靴売り場に、なんかすごい人いた！」と興奮して話した記憶がある。確認すると「ええ、その人に出会ったから、今年の私的流行語大賞は『接客』にするとまで言っていましたよ」とのこと。そうだ、ちょうど流行語大賞の選考時期だった。

ニュースというと、こんなひどい先生がいるとか、こんなダメな親がいるとか、負のインパクトを訴えるものが多い。けれど、こんな素敵《すてき》な人がいるというニュースも、いいものだ。畦崎さん、その節は、ありがとうございました。

〈2021年4月〉

人と会う約束、仕事、なくなりて静かな三月、四月、来月

愛の不時着

掲出の短歌を詠んだのは、コロナ禍に見舞われた去年の5月だった。まさか今年も、同じような状況だとは思わなかった。さすがに1年もてば、なんとかなっているだろうと甘い予想をしていたが、変異株が現れて、むしろ状況は悪くなっている。医療従事者やエッセンシャルワーカー、休業要請等で苦労されている方々のことを思うと、呑気《のんき》な話題で恐縮だが、今回はネット配信のドラマについてである。

家にいることが多くなって、何げなく見た「愛の不時着」にハマってしまった。韓国ドラマは初めてだったが、俳優、脚本、演出、どれをとってもクオリティーの高さはピカイチだ。すみずみまで完璧。全16話（1話は70分から110分）を5回見てもまだ飽きず、頼まれてもいないのに「愛の不時着ノート」と称して、感想をネット上に連載してしまったほどである。

1回目は、ストーリーがどうなるのかという興味に引っ張られて、無我夢中のうちに終わる。が、2回目以降は結末も知っているわけで、「なぜ何回も見るの？」とよく聞かれる。一番似ているのは、子ども時代の読書だろうか。同じ絵本を繰り返し読むのは、ストーリーを知りたいからではない。ページをめくるのは、登場人物に会いたいからだし、絵本の中に広がる世界に身を置きたいからだ。その感覚に近い。

「愛の不時着」の主人公はじめ、あの人やこの人が、変わらずその世界に息づいていることを確かめ、ひととき共に過ごし、味わう喜び。心の中に、目の前の現実とは違う世界を持つことは、日常での気持ちの安定にもつながるような気がする。物語の大きな効用と言っていいだろう。それは、現実逃避というのとは、ちょっと違う。確かに、ある意味逃げこむ場所なのだが、帰ってきた時に瞳が潤っていれば、この世も少しは輝いて見えるはず。好きなものが増えることは、暮らしを豊かにしてくれる。

宮崎の感染者ゼロが続き、福岡も少なめの2桁台だったころ、「愛の不時着展」が博多で開かれると知り、久しぶりに飛行機の予約をした。去年の秋以来のことで、旅の手続きだけでもときめいた。が、開幕直前に感染者が急増してしまい、泣く泣くキャンセル。コロナに振り回される日々は、まだまだ続きそうだ。

〈2021年5月〉

子どものそばに短歌があることの陽ざしの恵み、海からの風

短歌県みやざきの授業

今月19日、宮崎大学をキーステーションとして「第45回日本国語教育学会西日本集会宮崎大会」が開催された。「短歌県みやざきの授業実践」として、小中高それぞれから興味深い実践が報告され、盛り上がった。コロナ対策のためオンラインだったが、実は私も発言者の一人。その一部をご紹介しよう。

県立宮崎海洋高校は、73日に及ぶ長期乗船実習の体験を、生徒たちが短歌に詠むという試みだ。船での共同生活、ハワイへ寄港しての交流、マグロの水揚げ等々、歌の素材の宝庫のような日々である。短歌にすることで、自分たちの経験を客観的に見つめ直す時間を持てたことだろう。

船の中響き続ける機関音あるとうるさい無いとさびしい

具体的な上の句には硬い漢字が多く、本当にうるさそう。リズミカルに思いを表した下の句も魅力的だ。対比とバランスがいい。この下の句は、親の小言やSNSの場面などにも通じる普遍性もあるなあと思った。

宮大附属中学では、立志式という学校行事を活用し、自分の将来について考えるキャリア教育ともからめた歌作り。節目の決意表明には、力強い言葉が並んだ。

重量鉄骨ラーメン構造森永吏珀意志を曲げない

ラーメン構造は、建物の構造形式の一つ。彼の夢は建築関係なのだろう。重く強固な意志が、建築用語で伝わってくる。自分の名前をフルネームで出すというユニークな手法によって、独立した人格として鼓舞する感じが出ている。

そして若山牧水の母校である坪谷小学校の児童たちは、毎朝、まず牧水先生の短歌を朗詠するのだという。創作は毎週するというから、年間50首ほどは詠むことになる。発表会もあり、まさに短歌が身近なものとして存在している環境だ。今回、小中高で作られた作品のすべてに目を通したが、定型のリズムが身についているのは、圧倒的に坪谷小の児童だと感じた。定型は習うより慣れろ、なのだろう。

ふゆのあさバケツにあついこおりはるチョップでわるとピザができたよ

季節の中で生き生きと遊ぶ子ども。チョップとピザのP音が楽しく、結句の比喩が鮮やかだ。

短歌県みやざきの未来が、頼もしい。

〈2021年6月〉

メディキットに響く歌声あたらしい神話をここから始めるように

国文祭・芸文祭開幕

先月3日、「国文祭・芸文祭みやざき」が開幕した。みなさん、楽しんでおられますか？　アンバサダーを務めている役得で、開会式を見ることができたのだが、本当に素晴らしい成果だと感じた。

プロローグでは、高校生が大活躍。宮崎にゆかりの短歌の朗読、合唱と吹奏楽に加え、書道のパフォーマンス。本編のフェスティバルでは、宮崎の文化と歴史が、さまざまな舞台芸術で表現され、圧巻だった。感染対策が徹底されるなか、久しぶりに生の舞台を堪能して、体中の細胞が蘇《よみがえ》るようだった。コロナのせいで奪われたことは数えきれないけれど、それをプラスに考えるとしたら、芸術文化への飢餓感を、あらためて持たせてくれたことかもしれない。そんなふうに思えるほど、満たされた気持ちになった。

「国文祭・芸文祭」は全国の都道府県の持ち回りだから、ほぼ50年に一度のこと。1年延期が決まったときは残念だったが、それも準備期間が長くなったと考えられなくはない。プログラムは多彩だ。ふだんから興味のあるジャンルはもちろん、これを機会に新しい文化に触れるのもいいだろう。

私は、さらに舞台への飢えを満たすべく「んまつーポス」のコンテンポラリーダンス「空想運動会」と「太鼓の祭典」へ足を運んだ。宮崎にいながらにして、こんな凄《すご》いものを次々と見られるなんて、まことに贅《ぜい》沢《たく》だ。

理屈抜きに肉体の躍動に酔いしれた「んまつーポス」の公演。この夏のオリンピック・パラリンピックも、こんなふうにシンプルな気持ちで楽しんではいかが？　と語りかけられたような気がした。

「太鼓の祭典」のオープニングも印象深いものだった。宮崎で活動する太鼓連合の合同チームの演奏だ。ふだんは別々に活動している団体が、子どもも中高校生もベテランも一丸となって、太鼓を叩く。すさまじい迫力だった。こういう機会は「国文祭・芸文祭」ならではのものだろう。この日を目指して心と力を合わせてきたことが伝わってくる。と同時に、この経験を持ち帰ってまた、それぞれに成長していくんだろうなとも感じた。つまり、ここはゴールではなくスタートなのだ。

「国文祭・芸文祭」全体も、宮崎の文化にとって、まさにそうであってほしい。ゴールではなく、半世紀に一度のスタート。期間は10月17日までの実に１０７日間におよぶ。ぜひ立ち合ってほしい。


〈２０２１年8月〉

歌集から飛び出す短歌ののびのびと出会いを待っているミュージアム

俵万智展

不要不急とは言えない用事が三つ重なり、去年の秋以来、9カ月ぶりに上京した。本紙でも特集記事で紹介していただいた第55回迢空《ちょうくう》賞の受賞式と、第66回角川短歌賞の授賞式（こちらは選考委員をしている）が、角川武蔵野ミュージアムで行われた。また、迢空賞の受賞を記念して、同ミュージアムで「俵万智展」が開かれることになり、その展示のオープニングにも立ち会ってきた。

短歌を展示すると聞いて、色紙をたくさん書かされるのかな？　と思った自分の古さが恥ずかしい。空間造形は、エルメスやミナ・ペルホネンの仕事をした人たちの手によるものだそうで、心弾むアートの世界だった。

ハート（『サラダ記念日』のイメージ）や制服（『未来のサイズ』のイメージ）の大きなオブジェに、短歌がのびのびとプリントされている。天井から吊り下げられた泡状のペーパークラフトの中にひそんでいる短歌や、鏡に映りこむことで読める短歌もある。石垣島の窓をイメージしたオブジェを覗《のぞ》けば、実際に私が住んでいたマンションから見える海の映像が流れていた。しかも時間の流れにしたがって、昼には昼の、夕方には夕方の映像という凝りようだ。空間に身を置くことで短歌が体感できる……そんな素敵《すてき》な展覧会に仕上がっていた。

期間は11月7日まで。ミュージアムは隈研吾さんの建築だ。昨年の紅白歌合戦でYOASOBIの歌唱が中継された本棚劇場のあるミュージアムと聞けば、ピンと来る人も多いだろう。コロナ禍で、県をまたぐ移動は今はおすすめできないが、感染状況が落ち着いたら、ぜひ足を運んでもらいたい。

そしてその「県をまたぐ移動」をした私は、宮崎に帰ってきて、初めてPCR検査を受けた。県のサポート事業を利用したので、費用は無料である。これは、ありがたい。

発症前でも、あるいは無症状でもうつしてしまうのがコロナの怖いところ。県の感染状況を見ていると、県外からの持ち込みと思われるケースがとても多い。自分がかかりたくないのはもちろんだが、知らないうちに運び屋になってしまうのも避けたい。

結果（陰性でした、ホッ）が出るまでは、極力外出しないようにした。家につくまでが遠足、とよく言われるが、コロナの時代にあっては、PCR検査の結果が出るまでが出張、かもしれない。

〈2021年8月〉

「点滴の針は抜いちょきましょうね」と優しく針を抜かれちょる午後

看護師さんに見守られて

コロナ禍の中で、医療従事者の方々への感謝と尊敬の念は増すいっぽうだ。私も、コロナではないが、最近すっかりお世話になった。命に関わるようなことではないものの、いちおう入院だ。いろいろ不慣れだし、多少の不安はある。そんななか看護師さんたちの存在は大きいなと、あらためて思った。

体温を測って「オッケーです！」、血圧を測って「おお～低いけど、いつも通りですね」。ひと言ひと言に、見守られている実感が湧く。ちなみに私は、健康診断などでは必ず測り直されるほどの低血圧で、今回の入院では73―37という記録を残した。

パソコンを持ち込んだので原稿は書けるし、短歌の選はベッドの上でもできる。セコく仕事をしていると「大変ですね」と声をかけてもらったりする。家で一人きりでやっているより、なんだか張り合いが出てしまう。

あるとき「好きなことを仕事にできているんで恵まれています！」と答えると「私もです」と微笑《ほほえ》まれた。彼女はどうしても看護師になりたくて、一度社会に出てから、看護学校に入ったとのこと。針を刺す名人でもある。

何度も点滴をしていると血管が硬くなって刺しにくくなり、3回ほどトライしてダメだったことがあった。その時ラスボスのように現れて、一発で仕留めてくれたのが彼女だった。

入院中、息子にちょっと嬉《うれ》しいことがあって、血圧が120台になった。比喩ではなく血圧が上がったのだ。その時も「あら、どうかしました？」と何人かの看護師さんに驚かれ、嬉しさが増し増しの気分だった。

そして退院が決まると、それ自体はめでたいことなのだが、ちょっと寂しくもある。最終日、「お世話になりました。またお会い……できないほうが、いいんですが」と正直に言うと、看護師さんも「そうですよ！」と苦笑い。「お別れするのを喜ばないといけないのが私たちの仕事です。またお待ちしていますとは言えません！　どうぞお元気で」

出会いは嬉しい、別れは寂しい、とステレオタイプに考えていたけれど、別れが嬉しい職業もあるのだ。複雑ではあるが、どっちも嬉しいのなら、それはそれで素敵なことかもしれない。

ケアしてくれる人がそばにいる心強さと安心感。目には見えないものへの名残惜しさを感じつつ、病院を後にした。

〈2021年9月〉

前を向くマスクファッション　ジャケットと色を合わせて若者がゆく

コロナ対策

コロナの感染状況が、ようやく落ち着いてきて、ほっとする今日このごろ。第5波では、身近に迫ってきていると感じた人、多いのではないだろうか。実は私も、その一人だ。

いつもお世話になっている美容院から電話があり、スタッフに感染者が出たという。そのため、予約を延期してほしいとのことだった。

「申し訳ありません」と平謝りだったが、どこで誰が感染してもおかしくない状況である。むしろその美容院は、早くから感染対策を徹底していた。マスクの着用、入り口での手指消毒はもちろん、検温もするし、お茶のサービスは陶器のマグカップから使い捨ての紙コップに変更。ポイントカードも、やりとりを減らすため美容院の預かりになった。

聞けば、全員がマスクをしていたため、美容師さんたちは濃厚接触者にはあたらないのだそうだ。法的には、感染した人だけが休めばいいのだが、店は自主的に5日間休業にするという。

そしてその間、全員がＰＣＲ検査を受け、陰性であれば順次予約を受け付けての再開。思わず「立派な対応ですね！」と大きな声で言ってしまった。

結果として、誰も感染していなかったそうで、日頃の対策が功を奏したのだろう。改めて予約をとり、晴れてカットに行くことにしたのだが、ここで、一つ迷ったことがある。美容師さんは、みなマスクをしているが、髪をカットしてもらうほうはマスクを外している。これが以前から少し気になっていた。

テレビで医療用テープを付けた「耳ヒモなしのマスク」が話題になっていて、購入してみようかとも思う。だが、今までしていなかったのに、急にこれを着けて行ったら、警戒心を露《あら》わにしているようで、お店に失礼ではないだろうか。本来、感染対策に失礼も何もないのだが、友人同士でも、意識の違いに戸惑うことはしばしばある。

さんざん悩んで、結局耳ヒモなしマスクを装着していくことにした。「なんか感じ悪くて、すみません！」と明るく冗談めかして言う練習もしたりして。

そして、久しぶりの美容院に入り、案内された席の鏡の前。そこには、お客さん用の使い捨てマスクケースとともに、耳ヒモなしのマスクが用意されていた。あっぱれというほかないし、同志に出会ったような嬉《うれ》しさを感じた。


〈2021年10月〉

言いきりの優しさ強さ大らかさ寂聴さんの笑顔忘れず

寂聴さん

4年前の夏、息子と京都へ行った。宮崎の次は京都に住んでみたいと言うので、大学のオープンスクールに日程を合わせての小旅行である。その時「寂庵に寄ってみようかな」と思ったのだが「いやいや、お忙しくしておられるだろう。もし本当に息子が京都に進学したら、ご挨拶《あいさつ》に伺おう」と思いとどまった。寂聴さんには不死身のイメージがあったので油断してしまった。訃報に接し、今さらながら後悔している。

「生まれたとき、銀のスプーンをお贈りくださった息子が、こんなに大きくなりました」と一目だけでも、お目にかけたかった。きっと「よく頑張ったわね！」とあの笑顔で喜んでくださったと思う。

高校生のとき『田村俊子』や『かの子撩乱』に魅了されたのが瀬戸内作品との出会いだった。『田村俊子』は母の本棚にあった。学生時代は『夏の終り』や『ここ過ぎて　白秋と三人の妻』にドキドキした。出家にまつわることをテーマにした『比叡』は、「全然売れなかった」と嘆いておられたけれど、主人公の恋人のセリフを今も覚えているほど、私は好きな作品だ。

「源氏物語」についての対談で初めてお会いしたとき、どの登場人物が好きかと問われ「朧月夜です」と言ったら「あなた、悪い子ね」と笑われた。寂聴さんの『女人源氏物語』と源氏の全訳があったからこそ『愛する源氏物語』を自分は書けたと思う。出産の翌年に、紫式部文学賞に推してくださったことは、何より大きな励ましになった。

高校の教員を辞めるかどうか迷っていた頃、寂庵を突然訪ねたこともある。「学校は、あなたがいなくても大丈夫。短歌はあなたしか作れない」と背中を押してもらった。

文庫の解説を時おり依頼され、それは「元気で書いている?」という見守りのサインのようでもあった。

ほんとうに多くの人と交流し、慕われていたことは、訃報が駆け巡ったのちの報道でも、あらためて実感される。そのほんの末端にいる自分でさえ、いただいたご縁を噛《か》みしめて、喪失感を拭えない。

法話などの僧侶としての勤めは義務で、ものを書くことは道楽だと言っておられた。直接お話を聞くことはもうかなわないが、残された作品は今も雄弁だ。

〈2021年11月〉

イッセイのシャツ着こなせる若者がふるさと自慢に言う笹だんご

新井満さん

掲出歌を詠んだのは20年以上前、歌のモデルは新井満さんである。ペンクラブの平和委員会で、長くご一緒した。普段から本当にオシャレな人で、サスペンダーやハットがとてもお似合いだった。ザ・都会の人という印象を持っていたのだが、故郷新潟への愛が深く、笹だんごを毎年のように送ってくださる。素朴なだんごとダンディな新井さんとの取り合わせが新鮮で、生まれた歌だった。

訃報を受けて本紙（宮崎日日新聞）にも評伝を書いておられた小山鉄郎さんの取り持ちで、対談をしたことがある。

その時、牧水賞をいただいた『プーさんの鼻』に曲をつけてくださり、それは「プーさんの鼻のララバイ」というCDブックにもなった。「千の風になって」でレコード大賞作曲賞を受賞された直後だった。まことにぜいたくなことである。歌集の本質を「子守唄」と捉えていただいたことは、作者としてまことに腑《ふ》に落ちる、嬉《うれ》しい解釈だった。

最後にお目にかかったのは、奈良で催された国文祭・芸文祭のプレイベントだから2017年のことになる。万葉集を中心とする短歌に曲を付けて新井さんが歌ったのだが、その準備段階でムチャぶりの電話があった。

「やっぱり現代短歌も欲しいんだよね。俵さん、一首詠んでよ。スケールの大きい恋の歌がいいなあ」

反射的に「無理！」と思ったが、話術抜群の新井マジックにかかってしまい、気がついたら引き受けていた。

ひとひらの雲となりたし千年のかくれんぼして君を見つける

我ながら、なかなかいいできばえで、歌集『未来のサイズ』にも入れるほど、お気に入りの歌になった。新井さんのおかげである。

『プーさんの鼻』のご縁もあり、息子のことを気にかけてくださり「王子さまは元気?」と時々電話をもらった。宮崎に引っ越したとき「山奥の全寮制の学校を本人がいたく気に入って、そこに行くことにしました」と報告すると「素晴らしい選択だね」と喜んでくれたことを思い出す。都会派の新井さんも、晩年は自然豊かな北海道に移住されていた。

宮崎へも毎年のように笹だんごを送っていただき、我が家では、すっかり「笹だんごのおじちゃん」だった。来年からは、笹だんごの季節に掲出歌を捧《ささ》げようと思う。千の風になった新井満さんに。

〈2021年12月〉

一円の得にもならぬ歌を詠みホストが迷う「の」と「が」の違い

朝日賞

元旦の発表で「朝日賞」をいただくことになった。理由は「現代短歌の魅力を伝え、すそ野を広げた創作活動」とのこと。つまり魅力を受けとってくれた人たちがいてこその賞である。短歌を詠むことと同じくらい、短歌の楽しみを分かちあいたいと思って創作活動をしてきたので、その後者の部分を評価してもらえたことは、大きな喜びだった。

かつてこの欄でも紹介した歌舞伎町のホストのみなさんも、分かちあう仲間だ。コロナ禍で、集まっての歌会はできなくなったが、オンラインのおかげで、私は宮崎から皆勤賞。むしろ以前より密に指導ができるくらいである。

歌会は3年余りになり、単発で作るだけでは物足りなくなったのだろう。雑誌の新人賞に応募したいという有志も出てきた。連作（1首だけでなく何首もの歌をまとめて、テーマ性のある一連を作る）の勉強会を開き、実際に歌壇の賞に挑戦しようということになった。

「30首の連作を応募するなら、倍は作らなきゃ」とハッパをかけると、なんと100首、200首作ってきた者が数人いる。数もさることながら、そのテーマは、これまでの歌会では詠まれなかったものが多く、胸を衝《つ》かれた。

震災の記憶を綴《つづ》った作品、幼少時の性的な被害を詠んだ作品、年上の女性に救われた恋愛、犯罪に巻き込まれて逮捕寸前までいった経験、父親の死と娘の誕生を重ねた作品……。どれも重い主題を真摯《しんし》に詠み連ねていて、これを最初に受けとめるのが自分でいいのだろうかと、たじろぐほどだった。

それぞれが無手勝流で、言葉の技術という点では未熟なところもあるが、できる限りのアドバイスをした。意気揚々と郵便局から簡易書留で投稿したと聞き、これはひょっとするのではと期待した。が、結果は全員落選……現実は、なかなか厳しい。

でも、と思う。評価されることが最終目標ではない。一首一首では言い足りないことが出てきて、それぞれが自分の人生を振り返った時に「これを歌いたい」というものと向き合った。向き合って、言葉を探した。その過程こそが尊いし、意味がある。できた短歌は副産物、と言ったら言いすぎかもしれないが、作品ができるまでの時間を含めて「短歌」なのである。


十年を経てむき出しの震災の記憶をやっと毛布にくるむ

〈2022年1月〉

相部屋の感想聞けば「鼻くそがほじれないんだ。鼻くそたまる」

五ケ瀬中等教育学校

まもなく卒業式のシーズンだ。息子も、この春卒業する。6年前に宮崎に移住して以来、お世話になったのは五ケ瀬中等教育学校である。

「全寮制の中高一貫校、共学で県立」と言うと、県外の人からは「え、そんな学校あるの？」と驚かれる。今、教育界では、海外のボーディングスクール（寄宿制学校）の日本への進出が注目されているが、こちらは創立28年の老舗だ。

石垣島の小学生だった息子は、五ケ瀬のオープンスクールに参加して、すっかり気に入ってしまった。木城えほんの郷《さと》の夏冬のキャンプに、小4から参加していたのだが、そこで知り合った友だちも五ケ瀬に進学した。ちなみに「10才のひとり旅」というそのキャンプには、息子も友だちもボランティアスタッフとして関わり続けた。どんだけ好きやねん！という話だが、自然のなかで体と頭を徹底的に使う素晴らしいキャンプである。

ふいうちでくる涙あり小学生下校の群れとすれ違うとき

歌集『未来のサイズ』のなかで、特に五ケ瀬のママ友から「わかる〜」と言われたのがこの一首。最近まで小学生だった子どもが、寮で暮らすのである。たぶん子ども以上に親のほうが、心配や不安を抱えることになる。

それでも、振り返ってトータルすると、本当にいい選択をしたと思う。机の上の勉強は（ヤル気さえあれば）どこにいてもできるが、五ケ瀬での6年間は、ここでしか得られない豊かなものだった。

自然に囲まれた環境で、地域と連携した探求的な活動。それを卒論のようにまとめて発表する。ユニークな行事も目白押しで、自分で編んだわらじでの遠足をはじめ、鶏を解体する命の授業やスキー教室、イギリスへの修学旅行などなど。そして日々の寮生活は、生きる力をいやおうなく養ってくれる。掃除や洗濯は自分でやり、寮の運営に加わり、数カ月に一度変わるルームメイトとの人間関係もある。もちろんすべてが初めからうまくいくはずがない。でも、そこでうんと失敗することで成長するのだ。社会に出る前に、大事で必要なことだと思う。

全国規模の催しなどで、息子が「スマホを持っていない」と言うと非常に驚かれたそうだ。今やその点でも、貴重な環境かもしれない。もちろんＬＩＮＥができなくても、大丈夫。互いの部屋に遊びにいけるんで。

〈2022年2月〉

朝刊のようにあなたは現れて「はじまり」という言葉かがやく

わけもん短歌

まもなく4月。新しい学年に進んだり、新生活をスタートさせたりする人も多いだろう。私は週に1度、NHK宮崎の夕方のニュース番組で、短歌のコーナーを受け持つことになった。

その名も「俵万智のわけもん短歌」。宮崎在住の10代の方々の短歌を募集する。「短歌県みやざき」の裾野が広がるきっかけの一つになってくれたら嬉《うれ》しい。

4月放送分の収録は、つい先日すませたところだ。テーマは「はじまり」と自由詠。1回目で募集期間が短かったにもかかわらず200首近い短歌が寄せられた。宮崎の若者のさまざまな表情に触れることができ、充実した選歌だった。どんな短歌が選ばれたかは、ぜひ番組で見てほしい。

一首一首の解説と鑑賞をするうえで、自分が気をつけていることは二つある。一つは「読めば誰でもわかることだけではつまらない」。もう一つは「飛躍や深読みが過ぎない程度に、歌の読みの可能性を探る」だ。解説や鑑賞という補助線によって、その短歌がより魅力的に読者の目に映ることを心がけたい。

そして、さらに読者が「自分だったら、こう読むな」とか「こんなふうにも感じる」とかいうように、それぞれの読みを深める踏み台になれれば本望だ。短歌の短さは、決してマイナスではない。読み手の数だけ鑑賞が成り立つ豊かさなのである。

さて、収録の現場には、ディレクターと私だけ。カメラの向こうにいるはずのみなさんに向かって語りかけたのだが、いまひとつ手ごたえがわからない。大丈夫だったかな？　と思っていたら、もう一人いらっしゃった。スタジオの隅で見守ってくれていたヘアメークさんだ。けっこう年輩のかただったが、瞳をキラキラさせて、こう言ってくれた。

「なんだか若いころのことを思い出しました。教室のことや家族のことや初恋のこと…短歌っていいですね」

作品の募集は10代に限られているが、かつて10代だった人にも、こんな形で楽しんでもらえたらありがたい。

今募集中の5月のテーマは「緑」。たくさんの身近な緑、宮崎の緑、青春の緑を、お待ちしています。

〈2022年3月〉

学生となる子を連れて行きは二人帰りは一人の春の飛行機

宮崎暮らし7年目

スーパーの青果売場で「す、素晴らしい…！」と肩を震わせている怪しいオバサンがいたら、それは私だ。宮崎生活も7年目に入り、このありがたさを忘れかけていた。

息子が春から一人暮らしをするため、その準備につきあいがてら、しばらく東京に滞在してきた。久しぶりに観劇や美術展などを楽しめたのは良かったが、スーパーに買い物に出かけると、一気にテンションが下がる。

エリア的な偏りはあると思われるので（滞在していたのは、いわゆる庶民的な街ではない）、東京の全部がこうだとは言えないだろうが、とにかく野菜も肉も魚もギョッとするような値段だ。馴染《なじ》みのある九州産となるとブランド的扱いをされていて、これはこれで誇らしくもあるのだが、輪をかけてお高い。一度、宮崎産のピーマンを見かけて「おお、東京で会えるとは」と手に取ったら、1個100円でしたのよ、奥様！（なにごともなかったかのように、すっと棚に戻しました）。

ミニトマトもきゅうりも苺《いちご》も、2倍から3倍くらいの値段だった。しかも鮮度はさほどよくなく、味もあまりしない。いかに自分がふだん恵まれているかを痛感する。宮崎に引っ越したころ、「野菜がおいしい！」と感激したことを、まざまざと思い出した。友人に言っても「ん？ 野菜ってこういうもんでしょ」という顔をされたっけ。この数年で、私もそちら側の仲間入りをしたというわけだ。

ことさらに地産地消などと言わなくても、今日の夕飯、ほぼ宮崎のものだなあと思うことがしばしばある。米も野菜も肉も魚も果物もお茶も、美味《おい》しい。調味料がまたよくできていて、息子には、肉のふくしまのスパイスと戸村の焼肉のたれを置き土産にしてきた。

ちょっと珍しい季節のものが、期間限定で並ぶのも嬉《うれ》しい。先日はスーパーで「葉わさび」を見つけて、小躍りした。生産者さん直筆の食べ方が掲げてあるのにも、ほっこり。「熱湯をかけて、冷水にとり、ぎゅっと絞って、器に入れて振り回す……」はいはい、好物なので知っていますよと眺めていたら、この一連の作業が「怒らせる」と書かれていて、思わず唸《うな》った。

確かに葉わさびにしてみれば、まあ迷惑なされようである。むかっ腹を立てることで、内側に秘めた辛みが、さらに出てくるというわけだ。手加減せず、思いきり怒らせて、ほろ苦くツンとくる風味を楽しんだ。春を感じる、ぜいたくなひとときである。

〈2022年4月〉

マンゴーのような三日月微笑んで更けてゆくなりニシタチの夜

夜パフェ

今年は、ゴールデンウィークらしさを少し取り戻したゴールデンウィークだった。東京から友人が、久しぶりに宮崎へ遊びに来てくれた。お互い3回目のワクチン接種を完了、マスクを着用し、直前にPCR検査を済ませての再会だ。コロナに気をつけながら楽しむ方法が、ようやく身につきつつあるのを感じる。

青島で半日を過ごし（通年営業になった青島ビーチパーク、いい感じ！）、夜はニシタチへ。大好きな居酒屋「うなまんもん」では、新鮮な刺身や地鶏はもちろん、旬の大名竹やアスパラ、伝統野菜の佐土原ナスに友人は大喜び。「この大きなナスは、絶滅しかけたんだけど、たった4粒から復活したんだよ。空港でも見かけるから、もし帰りにあれば絶対買うべし！」などと熱く語りながら、宮崎の食の豊かさに、私もあらためて嬉《うれ》しくなる。

さて、2軒目どうしよう、となったところで、彼女が意外なことを言った。

「宮崎の人は、シメにラーメンとかじゃなくてパフェを食べるって聞いたんで、今夜はぜひそれを体験してみたい」

実はもう、お店もリサーチしてあるとのこと。シメに釜揚げうどん……ならば経験的に知っているが、パフェというのは初耳だ。テレビの宮崎特集か何かで紹介されていたと言う。半信半疑ではあったが、友人が下調べしてきた「フルーツ大野　アネックス」を、とりあえず目指した。

到着したのは午後9時半すぎで、この時間にパフェのお店が開いているのにも驚いたが、なんと満席である。名前を紙に書いて待つこと30分。その間にも、続々と人は増え続け、私たちのあとに6組が控えるという盛況ぶりだった（見たところ家族連れやカップルなどもいて、酔っぱらいの仕上げには限らないようではある）。

いちご、日向夏、パパイア、ドリアン、メロンなどなど、充実したパフェのメニュー以外にも、フルーツサンドやカクテルもある。経営が大野なのだから、間違いない。

我々が注文したのは、旬を迎えたマンゴーのパフェ。最高だった。華やいだ気分と満たされたお腹を抱え、友人と笑みを交わしながらガッツポーズ。この習わしがどれほどポピュラーなのかはわからないが、食後のデザートと思えば、あながち不思議ではないだろう。仕上げの夜パフェ、おすすめです。

〈2022年5月〉

「帰りたくない」と息子が抱きつきし木のあるところえほんの郷は

木城えほんの郷

先日、久しぶりに「木城《きじょう》えほんの郷《さと》」を訪ねた。子どもたちの手による田植えも済んで、田んぼに映る空と山々の緑に、深呼吸したくなる。この連載のイラストを手がけてくださっている黒木郁朝さんは、えほんの郷の村長だ。

お目当ては、荒井良二さんの原画展。馴染《なじ》み深い絵本の一ページ一ページが、額に入って展示されていると、なんだか初めましての気分になる。そして、これほどまでに繊細で完成度の高い絵画作品であったのかと、驚かされる。子どもが繰り返し手にとるものだからこそ、絵本が素敵《すてき》なアートであることは、幸せで大事なことだ。息子も、荒井さんの絵本に夢中だった時期がある。

初めてえほんの郷を訪れたのは2013年。私が文章を担当した『富士山うたごよみ』の原画展がご縁だ。当時は石垣島に親子で住んでいたので、息子も同行した。すっかりえほんの郷が気に入った息子は、以来毎年のように「十才のひとり旅」という夏と冬のキャンプに参加するようになった。後には、青年スタッフとしても加わっていたほどで、どんだけ好きなん！　と笑ってしまう。

荒井良二展は終了したが、今は「ウクライナの昔ばなし展」が開催中。原画が展示されている絵本『セルコ』等を手がけたのは、元福音館書店編集者の唐亜明さんだ。『富士山うたごよみ』も彼との仕事だった。他にも『かえるの竹取物語』という絵本でもご一緒した。思えば翻訳以外の絵本の仕事は、唐さんとしかしていない。展覧会の関連行事としては、彼を招いての講演会も行われた。えほんの郷の機動力、さすがである。
ウクライナの絵本では『てぶくろ』がよく知られ、今また注目を浴びている と聞く。森に落ちていた手袋の中で、さまざまな動物たちが助け合い工夫して一緒に住むというストーリーは、現在起こっていることを思うと胸が締めつけられる。でもこの機会に、せめてウクライナの文化に関心を持ち、触れることは、意味のあることだろう。戦争によって子どもたちは、命を脅かされ、飢えるだけでなく、絵本をはじめとする心の糧をも奪われている。

〈2022年6月〉

ざわめきにかき消されたるスピーチもありきコロナ禍前の祝宴

静かな祝賀会

コロナのせいで一度延期になった第26回若山牧水賞の授賞式が行われた。選考委員の伊藤一彦先生の「海の日というのは、まことに牧水賞にふさわしい」という言葉で明るく始まり、確かに！と深く頷《うなず》いた。さらに「宮崎大学の中村佳文先生が気づいたことなんですが、7月18日というのは牧水の第1歌集『海の聲《こえ》』の発行日でもあるんです」とのこと。

これは受賞者の黒瀬珂瀾《からん》さん、何か持っている人だ。

見え難き世界の罅《ひび》をさぐるごと妻はテープの切れ口さがす

「塔」くづし「未来」踏み越え進撃の児はゲラに朱を入るる父まで

風呂場なるアヒルに湧きし黒黴《くろかび》を「にがい」と言へり食ふたなさては

1首目、テープの切れ口を探すという日常的な仕草に、妻が対峙《たいじ》しているものの大きさをふと感じ取る視線が優しい。2首目の「塔」「未来」というのは短歌誌のことで、その名前をうまく使ったアイデアに唸《うな》った。3首目、なんでも口に入れて確かめるのが子どもだが、まるで「おぬしも、ワルよのう」みたいな、ゆったりした反応に、ああお父さんだなと感じた。母親だったら、もっと慌てて叱ってしまうのではないだろうか。

受賞歌集『ひかりの針がうたふ』で、存分に詠まれた奥さまと娘さんも出席されて、会場は和やかな雰囲気に包まれた。

昨年は割愛された祝賀会も、今年は間隔を充分とった大きな丸テーブルとアクリル板が用意され、全員着席でお弁当をいただくスタイルで行われた。立食パーティーのようなワイワイした賑《にぎ》わいはないが、スピーチをじっくり聞けるのがいい。次々と印象深いエピソードが披露された。

若いころの黒瀬さんは、謎めいた美しさを持っておられて（DAIGOみたいな黒手袋をしていたのを私も目撃した）、歌会に出るとおばさまたちがソワソワしたこと。その黒瀬さんが結婚後はベビーカーで赤ちゃんを連れてきて、周囲を驚かせたこと。角川「短歌」の矢野編集長が、もう少し早く読めれば子育てが違ったかもと話せば、版元の書肆侃侃房の田島社長は、福岡での暮らしを詠んだ歌集を福岡の出版社から出せた喜びを語る。

心のこもった言葉が会場全体に伝わってゆく。例年とは違う静かな感動が広がって、これはこれでいいものだなあと感じる夜だった。

〈2022年7月〉

船が揺れお風呂が揺れる絶景にイルカが見れた潮風が吹く

KOBE夢・未来号

先月下旬、神戸の児童養護施設で暮らす中学生たちが、宮崎旅行を楽しんだ。春に新造されたばかりのカーフェリーで到着、その後は青島や西都原《さいとばる》古墳群を訪ね、宿泊は宮崎観光ホテル。翌日は高千穂で神楽やボートを堪能するという盛りだくさんなコースである。

神戸の商店街を中心とする団体が企画している「KOBE夢・未来号」

ということの旅行、実は毎年沖縄へ、児童養護施設の小学6年生を招待してきた。が、昨年、一昨年はコロナで中止。その時に行けなかった子どもたちのため、今年特別バージョンとして、宮崎への旅が実現した。

もう10年以上になる旅のプレゼント、中心人物である久利計一さんは、古くからの友人だ。そのご縁から、「ＫＯＢＥ夢・未来号」のテーマソングを作詞したり、那覇空港でのレセプションに参加したり、私も関わりを持ってきた。毎年届く子どもたちの文集を読むのが、楽しみでしかたがない。この旅行を一言で表現すると、事情があって親元を離れて暮らす子どもたちが、なんというか、見知らぬ大人たちから寄ってたかって親切にされまくる数日だ。その戸惑いや喜びが、文集から伝わってくるのである。

旅先が、偶然にも自分の住む宮崎になると聞いて、これは願ってもないチャンスと思い、短歌教室をやらせてもらえませんかと願い出た。言葉で表現することは、生きる力に直結する。その力を身に着けるツールとして、短歌はとても有効だ。短い時間でも、なにかしらヒントとなることを伝えられたらと思った。

まずはゲーム感覚でワークショップ。新聞や雑誌から切り抜いておいた五音と七音の言葉を、パッチワークのように組み合わせて、五七五七七の形にしてみる。

こんにちは　ただそれだけで　いいんです　あなたによりそう　新しいまち

手をつなぎ　ドキドキしちゃう　予定なし　想像以上の　遊べない夏

ペンギンも　光りはじめる　世界初　あなたは何を　まずは未来を

言葉を組み合わせていくと、思いがけない世界が広がる。意外なほど盛り上がり、あちこちから笑い声が聞こえてきた。

次のステップとして、フェリーから見えたものや感じたことを、五音七音のカケラとして、自分の言葉で言ってもらい、ホワイトボードに書き出した。それらを組み合わせて、合作してみんなの一首が完成。それが今回の掲出短歌だ。どうです、なかなかイケてるでしょう？

〈２０２２年８月〉

生徒らの歌に勝ち負けつけてゆく短歌甲子園に揚げる白旗

久しぶりの短歌甲子園

この夏、牧水・短歌甲子園が、日向市で久しぶりに開かれた。コロナのために去年、一昨年はオンライン開催だったが、今年は念入りな感染対策のもと、北海道から九州まで、元気な高校生たちが集うことができた。予選には過去最多の60チームが応募、勝ち上がった12チームの作品は、どれも粒ぞろいである。

牧水・短歌甲子園の特徴の一つが、互いの短歌を読みこんでのディベートだ。相手の歌について、褒めるところは褒めつつ、弱点については助詞の用い方からテーマの掘り下げ方まで質問する。相手の歌を研究し、自分たちの歌には、どんなツッコミが入るか予想して準備することが、すでに短歌の勉強になる。

観客や他校の生徒にも、自分とは違う読み方や新たな視点を得られると好評だ。教科書にあるような短歌ではなく、同じ高校生の作品で表現を学べるところがいい。質問されて考えこんだり、むしろ待ってましたとばかり応戦したり、生徒たちの反応を間近で見ることができて、やはり対面はいいなあと感じた。

僕たちの台本のない大恋愛大きな手繋ぎ笑顔で歩く
尚学館高校　片伯部凛

互いに読み解くなかで、この一首は男子同士の恋愛で、多様性がテーマだというところまで広がった。前向きで肯定的な詠み方がいいとされながらも「多様性がテーマなのに、『大恋愛』という既存の言葉を用いると、すでにあるイメージにハマってしまう」という指摘が出て、なるほどなあと感心した。

判定はチーム単位で、赤旗か白旗を揚げる。毎回悩ましく、掲出歌の白旗には「降参」の意味も込めてある。

ところで、今年の準決勝で対戦した宮崎西高校と筑波大附属高校の講評を述べるとき、自分でも思いがけない言葉を口にした。「私は型抜きおばさんなので」。

完成度という点では、西高のほうが上回る。伝えたいことを三十一文字の型でみごとに表現していた。いっぽう筑附のほうは、まだ型の用い方がぎこちなく無手勝流だ。その型をはみ出てくる思いをディベートでうまく補っていた。ディベートを加味しての判定が、この甲子園の面白さではあるが、やはりギリギリのところでは短歌そのものの力を見ることになる。その苦しさから出た発言だった。そうか、私って型抜きおばさんだったんだ。選考をしながら自分自身をも発見できる、それが牧水・短歌甲子園なのだった。

〈2022年9月〉

とりどりの日々をたっぷり描こうよ三十一文字《みそひともじ》のパレット持って

短歌ブーム

世は短歌ブームらしい。私個人としては、短歌は30年以上前からマイブームなのだが、確かに最近「短歌ブームについて聞かせてください」といった趣旨のインタビューを受けることが増えた。テレビなら「ひるおび」とか「スッキリ」とか、世の中の話題を広く取り扱う番組だ。

しかも、出演者たちが気軽に短歌に挑戦するという流れが多く、先日もドラマの宣伝のために出ていた若い俳優さん3人が短歌を詠んでいた。ちょっと前なら、尻込みして断る人がいたのでは？とも思う。こんなふうに気軽に取り組める雰囲気こそが、ブームと言われるあかしでもあるような気がする。

私が関わっているもので言うと、歌舞伎町のホストたちとは、ここ5年ほど毎月のように歌会をしていて『ホスト万葉集』という歌集を2冊出版した。去年からはアイドルたちとの歌会も始め、定期的にイベントを行い、こちらも最近『アイドル歌会公式歌集』としてまとめたばかり。

そしてこの春からは、NHK宮崎で10代の若者の短歌を募集する「わけもん短歌」。スタートの頃は「わけもんじゃなくても短歌を詠みたい」という声もあったのだが、最近は「わけもんの短歌を読むのが楽しい！」に変わりつつある。フレッシュな宮崎の若者の短歌を選びながら、私も元気をもらっている。つい先日、短歌を寄せてくれた子どもたちを取材したスピンオフ番組が放送されたので、ご覧になったかたもおられると思う。

また、なんといっても、前回この通信でも紹介した「牧水・短歌甲子園」。毎年日向市に、全国から高校生が短歌を持ち寄り、熱いディベートが繰り広げられる。自然発生的にOB・OG会が生まれているのも素晴らしい。彼ら彼女らは甲子園が終わっても短歌を作りつづけ、毎年の大会では運営を手伝ってくれている。充実した3日間が、いかに10代の心に深く刻まれるかを物語るものでもある。

地道に続けてきた催しだが、今年はNHKが密着取材をしてくれて、44分のドキュメンタリー番組になった。宮崎県内では先週金曜日に先行放送があり、11月3日には教育テレビで放送される予定だ。いよいよ「短歌県みやざき」の名が全国にとどろくかと思うと（大げさ？）今からわくわくが止まらない。

〈2022年10月〉

子のために来て親のため去り行くを宮崎空港今日も快晴

何度でも宮崎

先月末、高千穂町町制施行100周年記念ソング「明日への風」のお披露目が、高千穂町の武道館で行われた。作曲を担当したジャバループの長友誠さんは高千穂町の出身だ。誠さんにお声がけいただき、私は、公募された歌詞の選考と、補作のお手伝いをした。コロナのせいで、数回延期になったお披露目ゆえ、ことさら感慨深い。「なにげない毎日

くりかえしの毎日　そこにあるほんとうの幸せ」というフレーズを聴きながら、この歌詞の意味が、まさに切実なものとなった数年だったなあと思う。

「両親の暮らしのサポートのため、先月仙台に引っ越しました。宮崎とのご縁は、これからももちろん続きますが、物理的には離れてしまいます。制作に関わったこの歌が、長く歌い継がれることは、高千穂と自分のつながりをしっかり繋いでくれるようにも感じます」。そんな挨拶をしていると、6年半の宮崎暮らしのことがあらためて思い出される。

引っ越して来たはじめのゴールデンウィークに、みやざき国際ストリート音楽祭で出会ったのがジャバループだった。

CDをプレゼントすると息子もすっかりファンなって、彼らが初めて東京のブルーノートに出演した時は、親子で聴きに行った。素晴らしい舞台、素晴らしい演奏。もちろんうっとりしたけれど、1曲目から涙をポロポロこぼしている息子を見た時は、なんというか、負けた…と思ったものだ。よし、モトをとった…とも思った私は、完全なオバさんである。

音楽だけでなく、演劇や映画でも豊かな体験をさせてもらった。

日向市の山田会のおかげで山田洋次監督と再会できたり、最近では、宮崎キネマ館のイベントで、映画評論家の寺脇研さんとも再会できた。彼とは、河合隼雄さんが座長だった中教審で、ご一緒した仲間である。

全国で封切りされるような大作だけでなく、地味でも味わい深い映画を丁寧に上映してくれる、キネマ館のような映画館があることも、宮崎の大きな財産だろう。ちなみに、クラウドファンディングに私も参加して、椅子の一つに名前を刻んでもらった。今となっては、これも貴重な爪あとの一つだ。キネマ館に行ったら、ぜひ探してみてください。

宮崎のたくさんの「いいね」を見つけてきたこの連載は最終回となりますが、また何度でも遊びに来ます。


〈2022年11月〉

あとがき

「海のあお通信」というタイトルで、宮崎日日新聞に6年半にわたってエッセイを連載した。石垣島に住んでいた頃からだんだん縁ができ、息子の中学進学を機に移住し、宮崎になじんできた年月。その暮らしは、ほんとうの意味での豊かさを感じさせてくれるものだった。おいしいものと、すてきな人たちと、生活に根づく文化。そして短歌が常に身近にあったことを、あらためて思う。

毎月となると、たいていは「何を書こうか」とネタを探したり、思いつかなくて苦労したりすることがあるものだが、この連載に限っては、一度も困らなかった。いつも自然に、書いておきたいなと思うことが、向こうからやってくるのである。

青い海と青い空、牧水の一首「樹は妙《たへ》に草うるはしき青の國日向は夏の香にかをるかな」にもちなみ、タイトルを「青の国、うたの国」とした。

昨年の秋、私は両親のいる仙台へ引っ越し、新しい生活をスタートさせた。息子は一足早く、春に東京の大学生になった。親子ともども宮崎を離れてしまったが、友人との縁は今も続いている。仕事のほうでも、牧水・短歌甲子園の審査員や、宮崎日日新聞主催の短歌の催し、そしてテレビとラジオでインタビュアーを務める「匠の蔵」などなど。

息子は木城えほんの郷のキャンプに、昨夏は青年スタッフとして加わっていた。「主役だった小学生の時よりも学びがある！」……などと、ちょっと大人びたことを言いながら。

直近のできごととしては、仕事で宮崎へ行った際、息子の母校である五ヶ瀬中等教育学校へ立ち寄った。NHKの「プロフェッショナル 仕事の流儀」という番組が密着していて、寮で干し柿を作っている生徒との会話がテレビで放映された。

渋柿を工夫して、甘くする知恵。それは、この学校の教育を象徴しているように思う。たとえば寮では気の合わない人とも同室になるが、なんとか折り合いをつけて、渋い関係を甘くしていくほうがいい。
渋いことあったら私も試そうか皮をむいたり茹でて干したり

宮崎で過ごした濃密でかけがえのない日々。ここにあるのは、言葉で描いたアルバムだ。石垣島での暮らしをまとめた『旅の人、島の人』を手がけてくれたシミズヒトシさんに、今回もお世話になった。装画は、大好きな荒井良二さんが描いてくださった。なんという幸せ、なんというぜいたく。自然に笑みが、こぼれてしまう。

二〇二三年三月　　俵万智

俵　万智（たわらまち）
一九六二年大阪生まれ。第一歌集『サラダ記念日』はベストセラー。歌集に『かぜのてのひら』『チョコレート革命』『プーさんの鼻』『オレがマリオ』『未来のサイズ』『アボカドの種』など。ほかの著書に『牧水の恋』『旅の人、島の人』など。

青の国、うたの国

二〇二三年四月二〇日　初版発行
二〇二三年一〇月三〇日　第三刷発行

著　者　俵　万智
発行者　シミズヒトシ
発行所　ハモニカブックス
東京都新宿区高田馬場二―一一―三
〒169―0075
電　話　〇三―六二七三―八三九九
FAX　〇三―五二九一―七七六〇

印刷製本　株式会社エーヴィスシステムズ
組　版　株式会社アイエムプランニング